LA SETTA DEL BRIGALUN

GIORGIO COMOLI

NOTA DELL'AUTORE

Questa quarta indagine del commissario ha come elementi principali le innumerevoli centrali idroelettriche presenti sul territorio della Valle Intrasca, ricco di rii, torrenti e fiumi. Ecco perché già nell'Ottocento diverse piccole e grandi industrie scelsero di stabilirsi in zona, bisognose di acqua e di energia elettrica a basso costo.

La centrale descritta nel romanzo è quella di Ramello, frazione di Cambiasca, progettata dall'ingegner Pariani di Intra nel 1929. Tutto quello che accade intorno a essa, al paese e alla Valle Intrasca è chiaramente inventato, l'ispirazione mi è venuta leggendo la pubblicazione di una leggenda legata a questa zona, *La frana del Brigaiun*, scritta da Monica Gagliardi, che ringrazio e con la quale mi scuso per aver fantasticato su questo argomento.

Per finire ci tengo a precisare che Cambiasca, Ramello, Aurano e Scareno sono dei graziosi paesi che meritano riconoscimento e rispetto.

Dedicato alle mie tre stelle terrene.

1.

Un botto assordante, poi una piccola nuvola di fumo di fronte a me si espande nella stanza.

Accuso un forte bruciore alla pancia. Ma che mi sta succedendo? Non mi reggono più le gambe, un bruciore intenso all'addome, abbasso gli occhi e vedo il sangue per terra. Sto per perdere i sensi, barcollo, sento in lontananza le urla di Filippo precipitatosi nella stanza.

«Commissario! Che è successo?»

Mi sento debole, non vedo più i colori, intravedo il questore aggredire il direttore, cerco di rispondere a Filippo, lo vedo disperato, non so perché ma non riesco a parlare, mi sta girando la testa, sono senza forze. Filippo continua a gridare aiuto, ma che c'è da gridare? Ho solo un bruciore alla pancia, avrò mangiato qualcosa di avariato a pranzo. Che confusione, ma perché piangi, Filippo? Fabio, non schiacciarmi la pancia, mi fai male.

Mamma, che ci fai tu qui?

Mamma, come sei bella, dammi la mano.

«No, Francesco, devi alzarti da solo.»

Ti prego, mamma, aiutami.

«No, Francesco, devi farcela da solo.»

Che bello, mamma, il nome Francesco.

«Certo che è bello, è il tuo nome, sei tu che non ti fai mai chiamare così, mi ricordo, sai, che non ti è mai piaciuto.»

Da ora in poi mi farò chiamare sempre con il mio nome, te lo prometto. Mamma, aiutami.

«Sì, prima però ti devi alzare da solo.»

Non ci riesco, mamma, non ho le forze.

«Impegnati, figlio mio, vedrai che ce la farai. Ciao Francesco, io vado.»

Non andare via, mamma, ho bisogno di te.

«Forza, Francesco, alzati.»

***

«Aaahhh, mamma, non andare via!»

«Santo cielo, amore, cosa è successo, calmati, calmati, era solo un sogno!»

Mi sveglio di colpo, sono completamente bagnato di sudore.

«Scusami, cara, ho avuto un incubo…»

«A momenti mi fai morire d'infarto, santo cielo, sei tutto sudato. Ma cosa hai sognato?»

«È stato tremendo, mi avevano sparato a bruciapelo e a un certo punto di fronte a me, mia madre. Mia madre, che bella che era, era da molti anni che non la sognavo.»

Che ora è? Le 5.00… Devo farmi una doccia. L'acqua calda mi scorre su tutto il corpo, sono ancora traumatizzato, chiudo gli occhi e rivedo la scena dell'incubo: l'ufficio, il direttore e il cassetto della scrivania che si apre, poi lo sparo, quel fumo che si espande e un bruciore intenso alla pancia. Esco dalla doccia, mi asciugo e mi vesto. È il momento di voltare pagina e incominciare a pensare alla nuova giornata.

Questa volta non sarà un sogno ma si farà sul serio, bisognerà arrestare il direttore e il soggetto di Parabiago. Oramai le prove sui due soggetti sono schiaccianti, il direttore ha contribuito a far evadere i due criminali dal carcere, invece il secondo è l'omicida del povero Rodolfo, e probabilmente anche di qualcun altro che per ora non è ancora chiaro.

Ore 7.00, esco di casa, è ancora buio, mi avvio a piedi verso il commissariato, una leggera brezza gelida mi irrigidisce il corpo, alzo le spalle nel tentativo di proteggermi il più possibile con il colletto del cappotto per non permettere al vento freddo di raggiungere il collo in prima sede e poi tutta la schiena. L'unica pecca di questa parte d'Italia sono questi tre mesi interminabili di freddo intenso e questa umidità che ti entra nelle ossa e non se ne va più via. Ci vuole subito un caffè latte caldo.

Le luci del commissariato sono già accese, entro e vedo Marco già attivo, pronto a partire per Parabiago per effettuare l'arresto in contemporanea con quello che faremo qui a Pallanza.

«Ciao Marco, già qui?»

«Sì, commissario, non riuscivo a dormire e poi devo preparare i documenti per oggi. Caffè?»

«Sì, grazie, con il solito latte. A che ora hai intenzione di partire per Novara?»

«Abbiamo l'appuntamento in questura per le 11.00, ci organizziamo, un pranzo veloce e per le 13.30 partiamo in direzione Parabiago.»

«Mi raccomando, alle 14.30 telefonami in commissariato, così mi tieni informato e alle 15.00 simultaneamente effettueremo gli arresti.»

«Perfetto, capo, spaccherò il secondo.»

«Ne sono certo.»

Faccio alcuni passi verso il mio ufficio, mi fermo e mi giro verso Marco che sta andando verso il fornello della dispensa.

«Dimenticavo…»

«Dica, commissario.»

Ripercorro il breve corridoio che ci divide, mi fermo di fronte a lui, lo guardo negli occhi per qualche secondo, non resisto, mi avvicino ancor di più e lo abbraccio come un padre farebbe con un figlio.

«Ti voglio bene, Marco, mi raccomando, stai attento oggi.»

Ho già perso uno dei miei uomini, non sopporterei un'ulteriore privazione. Mi volto e percorro nuovamente il corridoio, Marco rimane immobile per alcuni istanti, ha accusato il colpo, con una tenue voce mi risponde:

«Certo, capo, grazie, farò del mio meglio, non la deluderò.»

Sorseggio il mio solito caffè latte seduto nel mio ufficio, questa mattina la temperatura è più elevata del solito, quasi fastidiosa, non so se per il riscaldamento partito prima del normale, dato l'arrivo anticipato di Marco, o se per la tensione che incomincia a salire vista l'importanza della giornata.

Ore 8.00, i ragazzi alla spicciolata arrivano in ufficio, noto la tensione sui loro visi. Filippo ha il fiato corto, Fabio non parla, è serio, concentrato. Non vola una mosca in commissariato, è ora di dare una sveglia a tutti.

«Ragazzi, tra dieci minuti vi voglio nel mio ufficio.»

Giusto il tempo di chiamare il questore per capire a quale ora arriverà in città che già bussano alla porta.

«Avanti!»

Sono i miei ragazzi, entrano nella stanza in fila indiana, santo cielo, mi sembra la processione di un funerale.

«Allora, ragazzi, così non va, è vero che oggi è un giorno importante per la vostra vita professionale, ma non mi sembra il caso di trasformarlo in una tragedia. Fabio! Filippo! Sveglia, tra mezz'ora arriverà il questore, vi voglio vedere positivi, interagire, discutere, insomma, bisogna prepararsi.»

Vedo i visi sciogliersi, rilassarsi, ma non basta, ora so io come fare per ristabilire l'allegria.

«Filippo, vai su in cima alla via Ruga, c'è una pasticceria, entra e compra delle brioches, le più buone di Pallanza, e prima di uscire ricordati di salutarmi Renato Baudo, il proprietario.»

Basta parlare di donne e cibo che a Filippo gli si accendono gli occhi. Passano giusto cinque minuti e riesco a ottenere il risultato: "caciara" in ufficio.

«Ecco qui le brioches, commissario, anzi commissario Romano, ah.»

«Filippo, già che ci sei fai che dirla tutta.»

«Cioè?»

«Commissario Francesco Romano!»

Giusto qualche secondo di silenzio assoluto.

«Francesco?»

«Sì, Filippo, anzi da oggi chiamatemi Francesco. Non ti piace il mio nome?»

«No… è che non mi ero mai chiesto quale fosse il suo nome. È strano, vabbè, la prendo alla lettera: Francesco, ci sono le brioches calde, non perdiamo tempo.»

Ecco qui è tornato il clima giusto, Renato non ha perso tempo e porta nel mio ufficio cappuccini e un caffè latte per me. Nel pieno della colazione, suonano alla porta, Renato va ad aprire. Nel frattempo, visto che la porta è socchiusa, do un'occhiata verso l'entrata del commissariato e noto un'espressione stupita di Renato che invita a entrare qualcuno. È il questore, ampiamente in anticipo. Ecco, mi ha già individuato.

«Che buon profumino c'è in questo commissariato… Commissario, che succede, state già festeggiando?»

Come entra nel mio ufficio, ci trova mentre stiamo banchettando come in una sala d'albergo per la colazione del mattino, Filippo con la divisa sporca di zucchero a velo, il sottoscritto con la camicia macchiata di caffelatte. Insomma, con gli occhi spalancati di fronte a questo scenario inverosimile il questore rimane in silenzio, noi con gli occhi bassi come quando da bambini la mamma ci trovava con le mani nella marmellata. L'attimo di imbarazzo finisce quando il questore rivolgendosi a Filippo sdrammatizza dicendo:

«Be', ma una brioche per il questore non c'è?»

Filippo non se lo fa ripetere due volte.

«Certo, la vuole alla crema o alla marmellata?»

«Se devo sgarrare, sgarro bene: alla crema, grazie.»

Dopo una risata generale finiamo il banchetto improvvisato e torniamo seri. Marco e Renato devono partire in direzione di Novara. Dopo aver salutato Renato, incrocio lo sguardo di Marco, non gli dico nulla, lui mi accenna un sorriso, mi fa l'occhiolino e se ne va dalla porta posteriore del commissariato. Rimango serio e pensieroso per alcuni minuti, giusto il tempo di permettere ai ragazzi di riordinare il mio ufficio. Con la pancia piena ci sediamo intorno alla mia scrivania per fare il punto della situazione. Dopo mezz'ora di confronto, tutto è chiaro, ora il questore ci lascia, alle 11.00 ha l'appuntamento con il magistrato per ottenere il mandato di arresto del direttore, nel frattempo sempre alle 11.00 sentirò Marco. A quell'ora sarà già a Novara per organizzare insieme ai colleghi del posto l'arresto del sospettato di Parabiago. Come già deciso in precedenza, una volta giunti presso il carcere minorile, i colleghi arrivati da Novara si fermeranno presso la portineria, Fabio e Filippo proseguiranno con me e il questore all'interno del penitenziario e attenderanno fuori dalla porta dell'ufficio del direttore, mentre io e il questore entreremo.

Sono le 10.30, aspetto nervosamente la telefonata di Marco. Preciso come sempre, alle 11.00 spaccate suona il telefono, è lui. Tutto come previsto, alle 14.00 partiranno per Parabiago ed esattamente alle 15.00 effettueranno l'arresto. Gli faccio le solite raccomandazioni del caso e lo saluto.

Sono le 13.00, il cielo è terso, una leggera brezza rende la temperatura freddina, che diventerà fredda appena il sole tramonterà dietro le imperiose antenne della televisione installate sulla cima del Mottarone.

Pranziamo tutti insieme. Oramai ci siamo, sono le 14.00, cambio la camicia macchiata dal caffè latte ed esco in cortile dove i ragazzi sono in pausa, noto Filippo con una sigaretta in bocca, è la prima volta che lo vedo.

«Filippo, ma ti sei fulminato il cervello? Ma da quando fumi?»

«No, capo, me ne ha data una il collega di Novara, nulla di più, il fumo lascia un brutto sapore in bocca, sa, poi le donne non potrebbero più assaporare il mio gusto inconfondibile di maschio gentile.»

«Santo cielo, cosa mi tocca sentire.»

14.45, si parte con tre macchine, la nostra Giulia e due auto civetta di Novara. Lasciamo il lungo lago, percorriamo via Cavallini, entriamo in piazza Giovanni XXIII, di fronte a noi le maestose mura di cinta del carcere. Percorriamo via Guglielmazzi e subito dopo ci fermiamo e parcheggiamo di fronte a uno storico giornalaio. Intravedo al suo interno la splendida donna che gestisce in modo impeccabile l'attività, la signora Pierette. Non siamo passati inosservati, il marito e i due figli si avvicinano alle ampie vetrine del loro locale incuriositi dalle nostre tre macchine, probabilmente hanno intuito che qualcosa sta per accadere. Lasciamo le auto parcheggiate lungo il muraglione e ci avviciniamo alla portineria del carcere. Dopo aver suonato il campanello, ci apre il tenente, vecchia conoscenza, colui che ci ha assistito nei giorni della scoperta del tunnel.

«Commissario buongiorno, qual buon vento vi porta qui?»

«Buongiorno, sono qui con il questore, abbiamo bisogno di parlare con il direttore.»

«Accipicchia, e in quanti siete venuti?»

«Tranquillo, gli uomini del questore rimangono a farti compagnia, saliamo solo in quattro.»

Eccoci qui, siamo all'interno del carcere, un secondino si propone per accompagnarci dal direttore. Percorriamo parte del piazzale per poi salire le scale e seguire il lungo corridoio. Ci siamo, intravedo la porta dell'ufficio del direttore, il fiatone si fa sentire, un po' per le scale, un po' per il momento tanto atteso. Tutto è oramai programmato, Fabio e Filippo restano fuori dall'ufficio, il secondino bussa alla porta ed entra per annunciarci.

«Prego, signor questore, entri pure.»

«Direttore buongiorno, eccoci qui.»

«Come eccoci qui? E il commissario che ci fa nel mio

ufficio?»

La reazione del direttore non può che essere così esasperata, sin dal primo giorno i rapporti tra noi due non sono stati dei migliori, il direttore ha sempre insinuato che io avessi delle ambizioni nascoste, invece sotto sotto credo temesse che potessi scoprire la verità sul caso.

«È con me, siamo qui per consegnarle…»

Niente da fare, il questore non riesce a finire di parlare che viene aggredito verbalmente dal direttore in modo a dir poco isterico:

«Sono stufo di questo fannullone di commissario, deve uscire immediatamente dal mio ufficio.»

Rimango di stucco per la somiglianza spaventosa di questa situazione con l'incubo che ho avuto la scorsa notte. Con la coda dell'occhio noto la smorfia del questore non tanto rassicurante, anche questo era contemplato nell'incubo.

«Direttore, provo sdegno per questa sua performance isterica e sgradevole. Lei ora deve venire con noi in commissariato.»

«Io non vengo da nessuna parte.»

A questo punto il questore battendo un pugno sul tavolo estrae dalla tasca della giacca il mandato di arresto nei suoi confronti e glielo comunica ufficialmente concludendo con le parole di rito:

«Direttore, la dichiaro in arresto.»

Silenzio tombale, il direttore tutto d'un colpo crolla sulla sua poltrona, si lascia andare in un pianto disperato. Un fiume in piena che ci conferma la nostra versione, il direttore viene ricattato dai Saraceni, una banda di estorsori e strozzini senza pietà. Cerchiamo di calmarlo, avrà tempo e occasione di esporre al magistrato tutte le spiegazioni del caso.

«Mi hanno prosciugato il conto corrente, non ho più la mia casa, mia moglie mi ha lasciato, sono rovinato!»

Fin qui siamo entrambi dispiaciuti e commossi, poi però torna a essere patetico indicando il sottoscritto come colpevole.

«Il progetto era perfetto. Lei, commissario, ha mandato tutto all'aria, compresa la mia vita.»

A questo punto il direttore spalanca il cassetto della scrivania e infila la mano all'interno, io non posso far altro che ricordare il punto più drammatico dell'incubo. Ma com'è possibile? Allora era un presagio rafforzato dalla presenza di mia mamma?

Non c'è tempo per pensare, non voglio farmi fare un

buco in pancia per la seconda volta nel giro di 24 ore. Due passi giusti verso la scrivania del direttore e spicco il volo, come un ariete mi tuffo nella sua direzione. Un tuffo da far invidia al miglior Zoff e Albertosi di oggi. Incredulo della mia reazione, il direttore accelera nel movimento per anticipare la mia mossa e continua nel suo intento, estraendo una pistola dal cassetto con così tanta fretta che, volontariamente o no, gli parte il colpo in canna. Rivedo la stessa nuvoletta vista nell'incubo, sento il rumore assordante e assaporo l'odore intenso della polvere da sparo appena esplosa. Il questore immobile, sbigottito, incapace di reagire. Un lampo, il fumo, l'odore dello sparo, un sibilo forte e veloce come un treno impazzito, piccolo pochi centimetri, mi strattona la giacca. Il mio tuffo va a segno, l'impatto contro il direttore è violento, come un aereo che non ha usato gli "inversori di spinta" durante un atterraggio. La poltrona del direttore non regge l'impatto e si rovescia schiantandosi contro il muro dell'ufficio dopo l'urto dei nostri due corpi in collisione. I miei ragazzi all'esterno dell'ufficio si catapultano dentro, Filippo è in preda al panico dopo aver sentito lo sparo e vedendomi a terra.

«Commissario, nooo!»

Sono disorientato, l'impatto è stato violento, il questore e Filippo accorsi mi prendono per le braccia e mi girano e incominciano a toccarmi per assicurarsi delle mie condizioni.

«Sto bene, ragazzi, sto bene. Date un occhio al direttore.»

Il direttore ha perso conoscenza, cerchiamo di rianimarlo con le classiche sberle sul viso. Riprende conoscenza con un urlo e dopo un attimo di silenzio incomincia a piangere come un bambino. Sentiamo rumore nel corridoio, sono le guardie accorse dopo aver sentito lo sparo. Il questore con il mandato d'arresto in bella vista, anche se tutto spiegazzato, le attende e glielo mostra per evitare fraintendimenti e complicare ulteriormente l'arresto.

«Commissario, ho temuto il peggio.»

«Filippo, mi è andata proprio bene, guarda qui, la spallina della giacca è bucata da parte a parte. E ora chi glielo dice a Teresa? Giacca nuova, regalo di Natale.»

«Commissario, ma sta scherzando?»

«No, Filippo, tu non conosci Teresa, mi metterà in castigo… ah ah ah.»

Sento due pacche sulle spalle, mi giro, è il questore.

«Complimenti Romano, sono rimasto di stucco, mi devo essere perso qualche passaggio. Come ha fatto a intuire che stesse prendendo la pistola dal cassetto?»

«Vede, signor questore, qualche volta un sogno può salvarci la vita.»

Il questore mi guarda per qualche secondo con gli occhi socchiusi, a dir poco confuso.

«Ogni tanto faccio fatica a capirla, commissario, ma va bene così.»

A questo punto le manette sono d'obbligo, lo sparo ha messo in allarme tutto il carcere, sentiamo movimenti dalla tromba delle scale.

«È tutto risolto, ragazzi!» urla il questore dal corridoio in direzione delle scale, sempre con il mandato ben in vista. Scendiamo la rampa passando tra gli agenti accorsi, tutti increduli. Arriviamo al posto di guardia, ci fermiamo e il questore spiega l'accaduto e ci congediamo. Filippo è uscito a prendere la macchina e si è portato proprio in prossimità del portone del carcere. La notizia si è già sparsa all'esterno della struttura e alcuni curiosi e dei giornalisti sono accorsi per capire cosa fosse successo. Partiamo, percorriamo via Guglielmazzi in salita verso il centro storico di Pallanza.

Decidiamo di allungare il percorso per rientrare in commissariato al fine di seminare gli addetti stampa e non trovarceli poi fuori a caccia di notizie. Mentre percorriamo la strada, tra me e me faccio il punto della situazione. È andato tutto bene, rimango ancora spiazzato per quanto riguarda quel sogno premonitore che mi ha salvato la vita. Anche se scettico per convinzione su tutto il mondo che va dagli astri al paranormale, non posso pensare che l'accaduto sia stato un puro caso.

Entriamo in commissariato, ci liberiamo da giubbotti e armi, invitiamo il direttore del carcere a entrare nella cella del commissariato e ci riuniamo nel mio ufficio dopo aver bevuto un buon caffè.

Prende la parola il questore, tutto è andato bene, si riserva di parlare a quattr'occhi con me per la questione della mia intuizione sulla presenza dell'arma nel cassetto, perché qualcosa non lo convince. Dell'arresto di Parabiago non si hanno ancora notizie, ora attendiamo il magistrato D'Onofrio per la conferma dell'arresto con l'aggravante del tentato omicidio. Sentiamo gridare, è il direttore nel bel pieno di una crisi di nervi. Decidiamo di chiamare un medico per valutare il caso.

Suona il telefono, è Marco e mi conferma l'arresto

senza nessun problema, il sospettato si dichiara innocente ma da quanto sembra ha già fatto qualche nuovo nome riconducibile alla banda dei Saraceni, il quadro è sempre più chiaro.

Ecco qui il magistrato, prima del previsto è alla porta del commissariato.

«Buongiorno a tutti, ho sentito che è stato sparato un colpo, nessuno si è fatto male?»

«Buongiorno dottor D'Onofrio, fino a ora no, ma stasera, quando arriverò dalla mia compagna e vedrà la giacca perforata dal proiettile, tutto sarà possibile.» Scoppio a ridere.

«Ma dice sul serio, commissario?»

«Eh sì, mi è andata bene, non so neanche io come abbia fatto a non colpirmi, questione di millimetri, ho proprio sentito l'attrito del proiettile strapparmi la giacca.»

Il magistrato prende tempo e decide di lasciare riposare l'arrestato e interrogarlo domani mattina alle 8.30 da lui. A questo punto il questore torna sul pezzo e affonda il colpo con un secondo tentativo:

«Questore, mi dica lei un altro motivo plausibile per cui uno durante un arresto si appresta ad aprire un cassetto di una scrivania.»

Il questore mi fissa per qualche secondo, poi accenna un mezzo sorriso e si lascia scappare un commento: «Certo che lei, Romano, è proprio strano... felicemente strano, con quel gesto ha risolto un arresto che poteva diventare particolarmente complicato».

Saluti e pacche sulle spalle e ognuno per la propria strada, chi di ritorno a Novara e chi verso il tribunale. Chiudo la porta e tiro un sospiro di sollievo, finalmente soli, io e i miei ragazzi. Ora ci sarà da gestire l'arrestato per la notte. Incarico Filippo di pensare sia ai pasti che al resto. Marco non rientrerà a Verbania fino a domani su richiesta del magistrato.

***

Lascio il commissariato e rientro a casa a piedi, sono le 16.00, il sole oramai è debole, malgrado le giornate si stiano allungando di qualche minuto, il gelo la farà da padrone per almeno un mesetto.

Entro a casa, che bel calduccio, non ho pranzato, decido di farmi una bella doccia e bermi un buon the caldo con i biscotti sul divano, come sempre in posizione strategica, di fronte alla vetrata che guarda il generale

Maggiore. La serata passa tranquilla, noto Teresa che mi guarda con sospetto, mi sta girando intorno da un po', sembra quasi che stia cercando di trovare il modo per parlarmi, infatti…

«Com'è andata la giornata?»

«Perché me lo chiedi?»

«Ti vedo pensieroso.»

«Oggi sono stato fortunato, un colpo di pistola mi ha graziato.»

«Santo cielo, devi stare attento, non voglio diventare vedova. Ho visto lo strappo sulla giacca, pensavo a tutt'altro che a un proiettile.»

Nel frattempo, non riesco a darmi pace, vorrei andare a fondo per quanto riguarda il sogno premonitore, da ignorante in materia non so come fare.

2.

Dopo una notte passata a contare le pecore, mi alzo dal letto prima dell'alba, colazione e parto in direzione via Tacchini, da Beppe, oramai è diventato un mio consigliere di fiducia. Vedo la luce già accesa, busso.

«Commissario, ma che ci fa qui a quest'ora? È venuto ad arrestarmi?»

«Buongiorno Beppe, figurati, anzi, quando vengo da te è perché ho bisogno di un aiuto.»

«Mi sa anche a me che viene sempre per questo motivo. Però, prima un bel bicchierino ci vuole.»

«No, ti prego. Sono le 7.00.»

«Si sieda pure, Romano, ci penso io, e poi si ricordi che non è l'ora che conta ma da quanto tempo uno è sveglio.»

«Grazie, Beppe, dimenticavo, da ora in poi, chiamami Francesco, non Romano.»

«Francesco?»

«Eh sì, è il mio nome.»

«Che sbadato, non gliel'avevo mai chiesto, perfetto. Si sieda, Francesco.»

Per una buona mezz'ora mi sono soffermato a raccontare il finale delle indagini con l'arresto di ieri.

«Commissario, un pensierino me lo ero anche fatto sul direttore, sa, essendo comunque una persona importante in città, mi sono guardato bene dal dire qualcosa.»

«Male!» rispondo io. «Le persone come te devono sempre sentirsi in diritto di avanzare un'ipotesi.»

Ecco qui, il Beppe mentre parlo si dirige verso il suo personale armadio, apre l'antina e dal rumore intuisco le sue intenzioni. Come una magia, dalle sue mani prendono forma due bicchierini, anzi un bicchierino e un bicchiere normale, al suo interno un liquido, un liquore non ben definito.

«Beppe, e questo cos'è?»

«Beva, commissario, scusa... beva, Francesco, questo è frutto delle nostre montagne, anzi dalle radici della genziana, pianta montana.»

«Beppe, sono le 7.15.»

«Dia retta a me, non le farà male.»

Dopo aver bevuto il liquore e aver fatto inacidire il latte bevuto a colazione ancora presente nel mio stomaco, gli racconto dell'aneddoto dell'incubo con la presenza di mia mamma e lo sviluppo quasi identico all'arresto di ieri. Beppe diventa serio, guarda fisso il suo bicchiere con ancora nel suo interno metà del liquore, con la sua maestria da artigiano manuale fa girare il bicchiere prima in un senso e subito dopo nell'altro, si ferma per qualche istante e infine mi guarda dritto negli occhi.

«Francesco, sinceramente, lei crede in queste cose?»

Rimango sorpreso dalla domanda, ci penso per qualche secondo, poi gli rispondo:

«Guarda, a dir la verità non ho mai creduto a queste cose, ora che mi è accaduto questo fatto, vorrei vederci chiaro.»

Il Beppe rimane in silenzio per qualche secondo, lo vedo pensieroso, porta il pollice e l'indice sotto gli zigomi, stirando la pelle della parte inferiore del viso e automaticamente mettendo in mostra tutte le sue rughe facciali.

«Caro Francesco, devo confessarle che io purtroppo ci credo a queste cose, e ciò mi ha portato tante rogne. Ritengo che in fondo in fondo ci sia qualcosa di vero, ma attento, se si rivolgerà a qualche sensitiva per vedere "oltre" rimanga lucido e con i piedi ben saldi a terra, perché se si accorgono che si è invaghito della materia, la lasciano in mutande, come è capitato a me. Le spiego: ho perso un fratello tanti anni fa e mi sono lasciato tirar dentro da una sensitiva che mi ha lasciato in braghe di tela.»

«Accipicchia, è così pericoloso?»

«Dipende sempre da chi s'incontra.»

«Tu conosci qualcuno di fidato da indicarmi? Vedi, il fatto di aver avuto a che fare con mia mamma, che mi ha salvato la vita, non ha prezzo, l'attrazione è troppo forte per non provarci.»

Il Beppe appoggia il bicchiere sul tavolo e con quest'aria pensierosa che lo contraddistingue si alza dalla sedia e senza aprir bocca sparisce nel retrobottega. Rimango in piedi ad attendere il suo ritorno nel silenzio più totale. Nel frattempo, stuzzicato dalla presenza di una certa quantità di paglia secca nel laboratorio, mi lascio andare, chiudo gli occhi e avvicino alle narici un mazzetto di paglia ben stretta da un fil di ferro, effettuo lunghi respiri; che meraviglia, questo intenso odore mi fa ricordare le lunghe giornate spensierate in giovane età passate in campagna, tra i prati di proprietà dei nonni materni.

I miei pensieri si interrompono nell'istante in cui sento aprire la porta del retrobottega. Il Beppe ha fatto ritorno, guarda caso con il bicchiere nuovamente pieno.

«Caro commissario, o Francesco, qui vicino, sul monte Rosso, abita una sensitiva, una brava. Prova a contattarla, non è detto che accetti di collaborare, dipende, lo deciderà lei solo dopo averti incontrato. Se vuole posso chiamarla e provare a prendere un appuntamento.»

«Perfetto, Beppe, accetto.»

Saluto il Beppe e mi dirigo verso il commissariato, sono le 8.00, tra mezz'ora dovrò portare il direttore negli uffici del magistrato per l'interrogatorio, dopodiché, una volta rientrato, attenderò l'arrivo di Marco da Novara.

«Buongiorno ragazzi, tutto ok?»

I ragazzi sono già in commissariato, pronti per la trasferta in tribunale, attendiamo le guardie carcerarie che ci faranno da scorta per il trasporto del loro ex direttore.

***

Eccoci in tribunale, il magistrato D'Onofrio è già nella sala dove avverrà l'interrogatorio, breve spazio per i saluti, qualche firma per la consegna del carcerato e poi rimaniamo in tre nella sala a interrogare il direttore. Presente c'è il suo avvocato, che riporta subito al magistrato una buona notizia: il proprio assistito ha intenzione di collaborare poiché si sente vittima di un ricatto. Il magistrato, dopo aver annotato alcuni dati in merito all'interrogatorio, alza gli occhi in direzione dell'avvocato, con uno sguardo spazientito mette subito i puntini sulle "i".

«Avvocato, qui non si mette in discussione questa parte di situazione, ma ben altri reati che vanno dal tentato omicidio al favoreggiamento, dall'associazione a delinquere all'omicidio.»

Sono veramente pesanti le accuse, difficilmente riuscirà a uscirne indenne, gli daranno minimo trent'anni di galera se tutti i reati dovessero effettivamente essere provati. Dopo poco più di mezz'ora, il magistrato conferma l'arresto, verrà trasferito nel carcere di Novara, una volta rimasti soli, D'Onofrio mi comunica che le indagini per risalire a tutti i passaggi oscuri e per dare un volto ai componenti alla banda armata che ci sta dietro saranno prese in carico dalla questura di Novara. In poche parole, il compito del commissariato di Verbania finisce qui.

In parte mi spiace non poter andare a fondo della questione, ma è anche vero che un commissariato piccolo come il nostro non può dedicare del personale per continuare le indagini che si prospettano lunghe e in un territorio lontano dal lago. Saluto il magistrato e rientro in commissariato, dove trovo una bellissima sorpresa: Marco è già rientrato da Novara. Lo abbraccio e controllo se è tutto intero. La sua presenza prolungata a Novara è dovuta all'interrogatorio effettuato al personaggio bizzarro arrestato, durato pochi minuti, poiché il soggetto ha cambiato idea e ha deciso di non rispondere alle domande.

***

Tutta la giornata la passiamo a fare il punto su come sono andate le indagini, gli errori, le leggerezze e la gestione dei due arresti. Rientro a casa, la serata passa veloce e termina come spesso accade di fronte alla televisione tra i miei pensieri che mi portano al capolinea.

Buonanotte.

3.

Passano i giorni, tutto tranquillo, siamo a febbraio, le giornate si stanno allungando, malgrado il fatto che i giorni della merla siano appena passati e la primavera sia ancora lontana.

Oggi è giovedì 2 febbraio, il cosiddetto Giovedì Grasso, il primo giorno di Carnevale, il freddo si fa ancora sentire. Festa tanto amata dai bambini, sul lungo lago numerose mascherine si rincorrono felici tra nuvole di coriandoli e stelle filanti. La mia maschera preferita è sempre stata quella di Zorro, figura ombrosa, affascinante e schierata dalla parte dei più deboli. Non disdegno il cowboy o lo sceriffo, con la pistola fumante sempre pronta a sparare. Che bell'età, spensierata e ingenua.

***

Eccoci qui in ufficio, questa mattina la dedico ad archiviare la documentazione delle indagini che hanno portato all’arresto del direttore del carcere, consapevole che nei prossimi giorni i colleghi di Novara ci chiederanno copia degli atti.

Suona il telefono, è Beppe.

«Commissario buongiorno, come promesso ho telefonato ad Angela, la sensitiva.»

«Non hai perso tempo, vedo…»

«Mai far domani quello che si può fare oggi, così diceva sempre mio padre.»

«Ottimo motto, mi sarebbe piaciuto conoscere tuo padre. Bene, Beppe, e che dice di bello?»

«È disposta a incontrarti domani mattina alle 9.00. Troviamoci nel mio laboratorio alle 8.30, beviamo qualcosa e se vuole ci andiamo insieme, così la saluto, è da un po’ che non la vedo, poi vi lascio tranquilli.»

«Perfetto, Beppe, sarò puntuale.»

Già me la immagino questa Angela, anziana, capelli bianchi, con il cappello nero a punta, senza denti e con una voce acuta, insomma una fotocopia della strega di Biancaneve. Scherzi a parte, non posso negare di essere un po’ teso, più che per la sensitiva, sicuramente per quello che potrebbe dirmi su mia mamma.

La giornata passa tranquilla, quasi noiosa, sento caos

fuori dal commissariato. Esco curioso di capire cosa stia succedendo.

Immaginavo, la piazza è in fermento per i lavori, oramai al termine, per la chiusura dei portici sotto il Municipio, questa sera inizia il Trapulùn, i tradizionali balli in maschera di Carnevale che dalla fine della seconda guerra sono diventati una tradizione imperdibile per tutte le generazioni. L'associazione Piazza e Vila la fa da padrona qui a Pallanza: balli, sfilate e polenta. Una tradizione che da anni mantiene le aspettative dei grandi e dei piccini che per sei giorni vivono una vita parallela dietro a una maschera.

Mi avvio verso casa non prima di aver comprato le chiacchiere, Teresa ne va matta.

***

Sono le 7.00, mi alzo dal letto, dopo un'abbondante colazione mi avvio verso il commissariato, lascio la macchina come sempre nel parcheggio di fronte al lungolago. Il cielo è coperto, minaccia pioggia, come ogni mattina i gabbiani volteggiano sopra al golfo in attesa di qualche benefattore sulla riva che dia loro del cibo. Una cosa è certa, fanno un chiasso assordante, persino i maestosi cigni reali, habitué delle acque adiacenti alle rive della frazione, sono con il becco all'insù e scrutano le acrobazie dei volatili quasi in modo sorpreso.

Attraverso la strada, aumento il passo, incomincia a piovere, mi inoltro nel budello di Pallanza, via Tacchini, via molto stretta, sfrutto i tetti che si sfiorano per non bagnarmi da una pioggia che ha preso ad aumentare. Il profumo di pane mi rapisce l'olfatto, sarà per la via stretta o per le correnti d'aria che spesso e volentieri nelle giornate di Mergozzo sembrano giocare a rincorrersi entrando e uscendo dalla via attraverso le innumerevoli strade laterali, miscelando i profumi dei prestinai della zona.

Eccomi di fronte al laboratorio di Beppe, sono le 8.00, come sempre la luce a quest'ora è già accesa. Mi fermo per alcuni secondi a pensare se sia proprio quello che voglio mettere il naso nel mondo del paranormale senza sapere dove mi porterà. È anche vero che come si intitola un bellissimo film di Totò e Peppino De Filippo del 1960, *Chi si ferma è perduto*. Svaniti gli ultimi dubbi, mi rimangono solo certezze e convinzioni per andare fino in fondo in questa situazione.

Decido di entrare da Beppe.

«Buongiorno Beppe.»

Noto il Beppe sorpreso, con il suo solito sguardo con le pupille fuori dalle orbite per guardarmi senza l'ausilio degli occhiali.

«Commissario, già qui?»

In effetti, ha ragione, sono le 8.00 e poco più, l'appuntamento era per le 9.00.

«Passavo di qua e mi son detto: passo dentro, magari è già libero.»

Imperterrito, il Beppe si alza dalla sedia, lascia sul tavolo di lavoro gli attrezzi e si avvia nel retrobottega. Santo cielo, sono le 8.00, immagino già con cosa uscirà.

«Commissario, comincio a pensare che lei mi venga a trovare sempre più spesso per gustare le mie primizie.»

«Ah certo, infatti sono sempre qui a chiederti il bis.»

Ogni scusa è buona, i soliti due bicchieri, uno piccolo e uno grosso, questa bottiglia mi è nuova.

«Ecco qui, si asciughi la testa, non vorrei che si ammalasse. Intanto le verso un liquore di erbe montane, assaggi, assaggi, le scalderà le "busecche".»

«Mi raccomando, mezza dose per me.»

Ci siamo, 8.15, iniziano le danze, a stomaco vuoto è una meraviglia bere questi miscugli liquorosi.

«Commissario, io sono pronto, se andiamo sul monte Rosso con la sua macchina, poi io rientro a piedi, un po' di moto mi farà bene.»

«Come a piedi? La strada è lunga.»

«Che vuoi che sia per me? E poi è tutta discesa.»

Tempo cinque minuti e partiamo.

Percorriamo tutto il viale Azari e all'altezza della curva della Francesa svoltiamo a sinistra e iniziamo una serie di tornanti che ci fanno salire di quota molto velocemente, dove è impossibile non ammirare il panorama di tutta la collina dell'entroterra verbanese, la frazione di Intra, il lago e quasi tutta la zona industriale della Montecatini. Da qualche minuto ha smesso di piovere e da qui si apprezza un fantastico arcobaleno che si va a schiantare sulle acque del lago.

Diverse sono le case nel primo tratto di strada, poi pian piano sempre meno frequenti fino ad arrivare dove il bosco la fa da padrone.

A un certo punto su un tornante prendiamo una deviazione e dopo pochi metri dobbiamo fermarci, una sbarra apparentemente chiusa ostruisce il passaggio.

«Eccoci qui, commissario, questa sbarra delimita il bosco di proprietà di Angela.»

Dopo che il Beppe ha aperto e chiuso la sbarra permettendomi di entrare con la macchina nella strada privata, riprendiamo la salita verso il luogo dell'appuntamento. Guardo l'orologio, siamo in anticipo. Ora la strada è sterrata con diverse buche, terreno non adatto per la mia vecchia Mini. Il Beppe mi fa notare che solo in caso di visite concordate la sbarra è aperta, in caso contrario, non essendoci un campanello, l'unico modo per arrivare alla casa è percorrendo tutta la restante strada a piedi.

Dopo cinque minuti circa di macchina a velocità ridottissima, per non pregiudicare gli ammortizzatori, giungiamo in uno slargo malmesso.

«Siamo arrivati» dice il Beppe.

Intravedo tra una fila di castagni una casa, presumo la nostra meta, così credo. Un cartello ricavato da un fusto di un albero con inciso una parola che mi lascia perplesso, "L'Aldilà", ci indica il percorso da seguire per arrivare alla casa. Stranamente esso non porta direttamente all'abitazione, ma compie un giro molto più lungo per poi arrivare di fronte alla porta d'ingresso.

«Eccoci!» mi dice il Beppe.

«Ma, scusa, ma qual è il motivo per cui abbiamo allungato la strada di duecento metri quando era sufficiente tagliare da quel prato?»

«Commissario, cosa c'era scritto su quel cartello?»

«Aldilà!»

«Bene, noi siamo andati al di là dell'aldilà.»

Lo guardo con la faccia stizzita.

«È una battuta, commissario, tra noi e la casa c'era una zona sacra, insomma un cimitero dove lei seppellisce tutti i suoi animali.»

«Animali?»

«Sì.»

«Santo cielo, ma quanti animali avrà mai per avere un cimitero dedicato?»

«Cosa le devo dire, commissario, ognuno si gestisce il proprio giardino come meglio crede, o no?»

«Certo, ognuno a casa sua fa quello che vuole, ci mancherebbe.»

Non c'è un campanello, ma un piccolo teschio in legno sulla porta con un perno che ci permette di bussare. Mi guardo in giro, devo dire che questa casa si trova proprio in un luogo tranquillo, forse anche troppo, è il cimitero degli animali di fronte a casa che proprio non ci sta. Tornando sulla riflessione fatta in precedenza, ma quanti animali ha avuto questa signora per sacrificare tutto il terrendo di fronte alla casa? Saranno quindici metri per trenta circa. Ci avrei fatto un bell'orto o un bel giardino.

Dopo alcuni istanti sentiamo dei passi scendere da una scala interna. La porta si apre. È Angela.

«Buongiorno Giuseppe, come sta? È da parecchio che non mi viene a trovare, prego, entrate.»

Rompe il ghiaccio Beppe:

«Buongiorno Angela, che piacere, sa, ho tanto lavoro arretrato, non riesco neanche a fare due passi sul lungo lago, si figuri se riesco ad arrivare fin qui. Le presento Francesco Romano, il nostro commissario.»

«Buongiorno commissario, entri pure.»

Tutti i miei pensieri di trovarmi davanti una vecchia strega sono svaniti. Un bella donna con lunghi capelli rossi, gli occhi chiari e una voce profonda, non me l'aspettavo proprio. Ha uno sguardo avvolgente, un lungo mantello scuro decorato di rosso con una giacca veramente originale. Sono spiazzato. Proprio mentre ci apprestiamo a entrare in casa, il mio buon udito sente dei passi provenienti dalla parte alta della scala in legno da cui è scesa la signora, passi veloci e delicati, sicuramente appartenenti a piccole creature, presumibilmente a gatti.

«Permesso…»

Come entro vengo avvolto da un intenso profumo che non so definire, gli occhi sbirciano prima a sinistra poi a destra per rendermi conto dell'ambiente in cui mi sto addentrando. A destra ci sono le scale da dove è scesa la signora, è lì che il mio sguardo va a concentrarsi più attentamente, viste le sensazioni uditive precedenti. Come pensavo, noto movimento, e che movimento! Conto sei, sette gatti, curiosi, tutti immobili, fermi a osservarci mentre solchiamo la porta d'ingresso.

«Accomodatevi, vi faccio strada.»

Passiamo dal salotto in stile fiabesco con decine di candele e pesanti tende colorate che impediscono alla luce del sole di illuminare lo splendore di un pianoforte a coda tra le due finestre. Devo dire che è tutto molto ordinato. Beppe si ferma qui, con la testa mi fa cenno di seguire Angela. Perplesso proseguo e attraverso un corridoio con tanti quadretti di fotografie di gatti appesi ai muri, per poi entrare in una stanza, penso sia il suo studio. Mi guardo intorno, per prima cosa mi colpisce il tavolo rettangolare irregolare di grosse dimensioni creato direttamente da un grosso albero tagliato a sezione, meraviglioso, una grossa sedia in pelle rossa e tanti candelabri su tutto il perimetro della stanza. Devo dire un po' lugubre.

«Si sieda pure.»

Mi sento in imbarazzo. Ma cosa sono venuto a fare qui? Mi sembra tutto così folle.

«Benvenuto commissario, anzi no, mi scusi, so che lei preferisce farsi chiamare Francesco, o sbaglio?»

Come fa a sapere questo particolare?

Mi guarda intensamente e dopo alcuni secondi accenna un sorriso e mi sussurra:

«Non si preoccupi, il caro Giuseppe non mi ha detto

nulla, è che da un paio di giorni la osservo.»

Mi sento come un pugile all'angolo in balia dell'avversario, non ci sto a subire, così prendo la palla al balzo e reagisco stando al gioco.

«Mi fa piacere che lei mi stia osservando da un paio di giorni, sa, a noi uomini di mezza età non capita spesso con una bella donna più giovane.»

Alcuni attimi di silenzio, nel frattempo imperterrita Angela continua a guardarmi fin quando si lascia andare a un sorriso per qualche secondo, dopodiché riparte all'attacco mettendomi nuovamente all'angolo.

«Francesco, fuma?»

«No, grazie.»

«Le dà fastidio se mi accendo una sigaretta?»

«Assolutamente no, e poi questa è casa sua.»

Estrae dalla tasca un pacchetto di sigarette molto fini e lunghe, nel gesto di portarsene una alla bocca noto le unghie lunghe, ben curate e rosse. E io che pensavo che le streghe avessero le unghie nere.

Dopo aver acceso la sigaretta, senza perdere tempo si lascia andare in una lunga aspirazione, in modo rapido la sigaretta brucia lasciandosi alle spalle la cenere sospesa.

Ci risiamo, parte nuovamente all'attacco, il suo

sguardo intenso, quasi provocatorio, mi ispeziona.

«Vedo che le piacciono le mie unghie, mi spiace per lei ma come ha notato sono rosse, non nere.»

È incredibile, sembra che riesca a intuire i miei pensieri.

«Commissario, sa che differenza c'è tra le unghie rosse e quelle nere in una strega?»

«No.»

«Male, Francesco, se mi permette da ora in poi la chiamerò così.»

«Va benissimo, Angela, mi chiami pure per nome.»

«Lo sa che è essenziale questo particolare? Chi porta le unghie rosse non può far del male attraverso la propria magia, insomma, sono una strega buona.»

Non so come uscirne, mi trovo in difficoltà e le dico:

«Bene, questo è un buon punto di partenza.»

«Francesco, arriviamo a noi. Giuseppe mi ha parlato di lei, però ho bisogno di sentirla raccontare quello che le è accaduto.»

Dopo aver spiegato nei minimi dettagli l'incontro con mia mamma nel sogno tramutatosi poi il giorno successivo in realtà, Angela mi blocca e mi pone una domanda a bruciapelo:

«Francesco, mi guardi negli occhi: le è piaciuto rivedere sua mamma nel sogno?»

«Certo che sì, in realtà era un incubo, stavo per morire, avevo bisogno di aiuto, penso che in quelle situazioni si torni tutti un po' bambini e si chieda aiuto alla persona più cara, in particolare a chi ci ha messo al mondo. Situazione analoga, anche se non drammatica, mi capitava spesso quando andavo a scuola e non riuscivo a fare i compiti, chiedevo aiuto a mia mamma.»

«E cosa ti rispondeva quando non riuscivi a fare i compiti?»

Rimango zitto per alcuni secondi, capisco che Angela ha incominciato a scavare nel mio cervello, nel mio passato.

«Mi rispondeva nello stesso modo del sogno.»

«Cioè?»

«Mi diceva: "No, Francesco, devi farcela da solo".»

«Vedi, tua mamma è ancora dentro di te, anzi è lei che sta rispondendo per te e tu neanche te ne stai accorgendo.»

Incomincio a sudare, mi sto agitando.

«Calmati, non preoccuparti, stiamo solamente scambiando due chiacchiere. Dimmi cosa vuoi sapere di preciso da tua mamma?»

Panico totale, nebbia assoluta, non mi sento a mio agio.

«È difficile rispondere a questa domanda, tutto e niente, innanzitutto se sta bene e volevo ringraziarla per avermi salvato la vita.»

A questo punto Angela chiude gli occhi, dopo alcuni secondi mi risponde con gli occhi chiusi e con la voce diversa dalla sua, una voce più acuta.

«*Sto bene, caro, non potevo permettergli di farti del male, mio piccolo Cece.*»

Una dolorosa fitta, come se avessi ricevuto un pugno nello stomaco, un cenno di vomito e infine una tremenda voglia di scappare da quella stanza. Come ha fatto a sapere quel diminutivo con cui mia mamma mi chiamava quando ero piccolo? A questo punto Angela riapre gli occhi e tira un grosso sospiro, abbassa la testa, la vedo provata.

«Basta così, Francesco, usciamo da questa stanza, ci sono troppe persone.»

«Come troppe persone?»

Si alza dal suo "trono" e mi invita a uscire, la vedo provata. Percorriamo il corridoio e ritroviamo il Beppe nel salotto che si alza in piedi vedendoci arrivare, Angela non si ferma ed esce dalla casa, percorre il piccolo piazzale di fronte alla casa per poi entrare nel giardino recintato di fronte, si inginocchia sul prato e rimane provata per qualche minuto in silenzio. A questo punto, disinteressata della nostra presenza, Angela si rialza e attraversa il suo giardino quasi interamente, giunta in prossimità di una buca scavata non tanto tempo prima, vista la presenza sul fianco di terra ancora fresca, si inginocchia nuovamente e raccoglie poco distante dalla buca il corpo di un gattino inerme e dopo averlo coperto con un piccolo lenzuolo lo seppellisce tra le lacrime. Esco dalla casa e mi avvicino a lei, capisco di essermi perso un pezzo dell'accaduto e provo a chiederle cosa fosse successo.

«Nulla, questa piccola creatura ci ha lasciato, è andata nell'aldilà, devo seppellirla vicino ai suoi fratelli.»

Le chiedo con stupore quanti sono i gatti seppelliti nel giardino, la mia domanda va nel vuoto, imperterrita continua la sua opera di seppellire il povero gattino, finito il riempimento, mi risponde a occhi bassi:

«Di preciso non ricordo, dovrei contare i quadretti nel corridoio per fare una stima. Penso una cinquantina.»

Rimango stupito.

«QUANTI?!»

«Non ricordo, Francesco, non ricordo.»

Sono frastornato e provato. Salutiamo Angela e rientriamo a Pallanza. Non spiccico una parola per tutto il percorso di rientro, saluto Beppe e mi chiudo nel mio ufficio. Ripenso a tutti i passaggi dal momento in cui sono entrato in quella casa. All'inizio il comportamento di Angela mi sembrava quello di una "poco di buono", invece no, con quel comportamento provocatorio lei tentava di entrare nella mia anima, come faceva a conoscere il soprannome che mia mamma da piccolo mi aveva dato? Incredibile, non mi sono neanche accorto di quello che mi stava succedendo, poi il finale con il "botto", l'ho capito solo dopo essere uscito da quella casa, la voce diversa che emetteva Angela era di mia madre.

Rientro a casa, sconcertato, crollo tra le braccia di Teresa, sono sconvolto, mi addormento fino al giorno dopo.

4.

Passano i giorni molto velocemente, torna in me la serenità giusta per continuare il mio lavoro.

Ecco il 14 febbraio, la festa degli innamorati. Mi presento da Teresa con un mazzo di rose rosse.

«Amore, questa sera usciamo a cena.»

«A cena? Ma oggi è martedì, non è sabato.»

«Cosa importa? Non c'è sabato che tenga, al cuore non si comanda.»

Serata a lume di candela, semplice ma intensa, che si conclude teneramente sul nostro divano a osservare il Maggiore, questa sera increspato da un vento gelido di fine inverno.

Il fischio che si sviluppa nello sbattere contro le finestre ci accompagna per il resto della sera conciliando il sonno di entrambi.

Mi sveglio all'improvviso, Teresa non è più al mio fianco, non ha avuto il coraggio di svegliarmi e ha preferito raggiungere in solitaria il nostro letto.

Oramai è mattina, i miei occhi appena aperti si scontrano con il sole rosso appena sorto, rimango tra il divano e le coperte amorevolmente adagiate da Teresa ieri sera a gustarmi i colori che esplodono in un cielo che pian piano lascia andare la tonalità scura per far spazio a quella più chiara. È ora di alzarsi, mi preparo il caffè latte e torno sul divano a gustarmelo fino all'ultima goccia.

***

Sono le 8.00, arrivo in commissariato, saluto i ragazzi ed entro nel mio ufficio, sulla scrivania il solito mucchietto di posta da aprire. Dalla bolletta della corrente elettrica alla fattura dell'imbianchino, poi ecco qui una lettera. Strano, senza il mittente.

La apro, un semplice foglio scritto a mano, la calligrafia è di una donna, è profumata, capisco subito che è Angela. Dopo avermi chiesto se mi fossi ripreso dal primo incontro, si scusa per la sua spudoratezza durante le domande, ma erano necessarie per aprire un contatto con l'aldilà, conclude scrivendo di essere comunque contenta per essere riuscita a stabilire, anche se per pochi secondi, un ponte con mamma Maria.

Rimango di stucco per l'ennesima volta, mi rivedo la scena, ma come faceva a sapere il nome di mia madre? Come ha fatto a interpretare così bene la sua voce? E il soprannome?

Esco di tutta fretta, prendo la macchina e mi dirigo verso il monte Rosso. Dopo aver fatto i tornanti in salita a velocità sostenuta, rallento in prossimità della sbarra. Parcheggio la macchina e proseguo a piedi, arrivo alla sbarra e noto che è aperta. Strano, il Beppe sosteneva che la sbarra la lascia aperta solo quando ha visite, probabilmente c'è qualche cliente. Sono indeciso se andare o no, oramai sono salito fin qui, non torno indietro.

Raggiungo il piazzale adiacente alla casa di Angela, parcheggio la macchina e percorro il sentiero indicato, arrivo di fronte all'abitazione, la porta è aperta.

Busso per due volte, non mi risponde nessuno, estraggo la pistola dalla fodera, mi sudano le mani, decido di entrare, spalanco la porta con il piede, ripeto per due volte:

«C'è qualcuno in casa?»

Nessuno risponde.

Entro, percorro due, tre metri. Mi affaccio nella sala.

«Buongiorno Francesco, ti aspettavo.»

Oramai il ghiaccio è rotto, il "lei" non ha più senso. Non nego di essere attratto da Angela, cerco di non farglielo capire, anche se la vedo dura nascondere un'attrazione a una sensitiva. È chiaro però che non ho intenzione di andare oltre.

Angela è seduta sul divano immersa in una nuvola di fumo, indossa un paio di calzoni di pelle rossi e una camicia bianca attillatissima.

«Mi aspettavi?»

«Francesco, siediti. Cosa posso offrirti da bere?»

Rimango per alcuni secondi immobile.

«Guarda che non ti mangio…»

Sono indeciso, poi penso: che male c'è a sedersi di fronte a una bella donna? Sento forte l'attrazione verso di lei.

«Certo che no, non ti conviene, la mia carne oramai non è più tenera. Come facevi a essere così sicura che sarei venuto?»

«Te l'ho già detto una volta che ti sto controllando.»

Non capisco dove voglia arrivare. So che è un segno di debolezza ma non riesco a non domandarle:

«Angela, ma allora la voce era di mia mamma?»

«Sì, Francesco, non accade spesso, ma a volte, quando

sento bene la presenza, riesco a entrare in comunicazione con le persone. Quando succede, rimango molto provata e poi l'aldilà da me vuole qualcosa in cambio.»

«Non capisco, Angela.»

«Non ti preoccupare, è un dare e avere, quel giorno io sono riuscita ad avere dall'aldilà un contatto con tua mamma e l'aldilà la sera prima si era preso un mio gatto.»

«Ma cosa mi stai dicendo, Angela? Quel gatto che stavi seppellendo in giardino e morto perché…»

Non mi lascia finire la frase:

«Sì, in quel giardino sono seppellite decine di gatti, i miei. Capisci perché vivo con numerosi felini?»

«Ma tutto questo è assurdo.»

«È una roulette russa, caro Francesco, un giorno potrà toccare anche a me. Più la posta sarà alta più la richiesta sarà importante. È un gioco delle parti. Fino a ora mi è sempre andata bene.»

«L'avessi saputo non sarei mai venuto qui.»

«Non dire così, tutto va in base a quello che chiedo, però ricordati, se ne vale la pena sono disposta a rimetterci la vita.»

Rientro in commissariato, i ragazzi sono agitati, mi comunicano che c'è un incendio in corso in collina.

«Ragazzi, mi spiace, ma noi che c'entriamo?»

«Capo, sta bruciando una centrale idroelettrica e sembra che all'interno ci sia il titolare, che era solita dormire all'interno della centrale in un locale ricavato nel retro della sala di gestione.»

«Ma ne sei sicuro?»

«Capo, così mi hanno detto, da quando è rimasto vedovo, sembra che la centrale sia diventata la sua casa.»

Partiamo in sirena e all'altezza del ponte del Plusc, interamente in ferro e costruito all'inizio del 1900, rallentiamo. Il ponte è stretto, io dico sempre che bisogna arrivare il prima possibile sul posto, però è anche vero che bisogna arrivare. A guardar di sotto, il ponte è alto una decina di metri e l'acqua è poca.

«Filippo, rallenta!»

Ecco, iniziamo a salire in collina, entriamo nel paese di Cambiasca, lasciamo sulla destra la bellissima chiesa della Madonna del Carmine, dopo un centinaio di metri svoltiamo a destra e di fronte a noi in lontananza una colonna di fumo nero.

«Santo cielo, sta bruciando tutto.»

Su di corsa fino ad arrivare al paese, tutti i cittadini sono per strada, chi si dispera e chi sta cercando di dare una mano ai pompieri accorsi sul posto con l'autopompa.

Ci facciamo strada con la sirena accesa, altrimenti sarebbe impossibile avvicinarci al punto interessato dall'incendio senza schiacciare qualcuno. Scendiamo dalla macchina e mi dirigo verso un pompiere nelle vicinanze del loro camion, mi presento, mi risponde con affanno.

«Buongiorno commissario, abbiamo messo in campo tutte le forze a disposizione, ma è una lotta impari, sarà difficile salvare la struttura.»

Chiedo del titolare della centrale, lui muove la testa per farmi capire che non c'è stato niente da fare. Ecco, la cosa si fa pesante, una tragedia nella tragedia. Passano un paio di ore, tutto sembra spento, entriamo nella struttura grazie al supporto dei pompieri, lo spettacolo è spettrale. Tutta la centrale è distrutta, è difficile capire cosa sia successo, non si è salvato nulla. Con i pompieri ispezioniamo i locali, il colore che predomina è il nero, in alcuni punti è ben visibile il fumo che emerge da blocchi di ferro e ghisa contorti, noto le travi piegate che hanno compromesso i locali superiori, il calore deve essere stato veramente alto per far piegare le travi portanti.

«Fermi qui!» dice il pompiere. Avanza da solo per qualche metro, sposta delle lamiere cadute dalla parte superiore del locale, si guarda ben intorno, per valutare la pericolosità del luogo e si porta all'interno di una stanza. Ci rimane qualche minuto, tutto tace, fin quando lo vediamo uscire dalla stanza e riprendere la strada di ritorno verso di noi.

«Ho trovato il titolare.»

«Santo cielo, è nella stanza?» chiedo.

«Sì, era il suo ufficio, ha fatto la fine del topo.»

Povera persona, non ha avuto scampo, un locale senza finestre, sarà morto soffocato dal fumo e poi il calore ha fatto il resto. Decido di entrare nella stanza, il pompiere me lo sconsiglia, ma come autorità mi sento di doverlo fare.

Il vigile del fuoco mi precede fino ad arrivare sul ciglio della porta dell'ufficio e con il braccio mi indica la direzione dove ha ritrovato il corpo.

Entro nella stanza con il cuore in gola e il fiato corto, un po' per il fumo respirato, un po' per la tensione. Intravedo una sagoma a terra, è semicarbonizzata, meno male che il viso non si vede, è uno strazio. Basta così, possiamo uscire dalla centrale. Di fronte a una scena simile, tutto il resto per ora non conta più. Chiedo di procurarsi un telo per coprire la vittima e di non far entrare nessuno, se non per portarlo via. Come vedo la luce del sole, mi viene da sospirare, che tragedia.

Vedo molta confusione ai margini della centrale, sugli argini del fiume sono ammassate centinaia di persone, praticamente tutto il paese. Sguinzaglio i ragazzi tra le persone presenti per sentire se qualcuno ha visto o sentito qualcosa. Ispezioniamo tutta la parte esterna della centrale bruciata, sulla riva del fiume adiacente alla centrale i pompieri incominciano a tirare a secco le tubazioni delle motopompe che hanno permesso di sfruttare l'acqua del fiume per domare l'incendio. Scambio due parole con uno di loro, provato dall'intervento, non ha molta voglia di parlare, sottovoce mi porta a conoscenza che durante lo spegnimento alcune persone intervenute per dare una mano nello spegnimento inveivano di continuo verso un certo Angelo

Secondo loro nei giorni passati aveva avuto una discussione con Rolando, il gestore della centrale, sembrerebbe che Angelo consigliasse al Rolando di accettare una proposta di vendita della licenza a una società di Milano, che avrebbe investito su una riqualificazione della centrale promettendo benefici al paese. Rolando si opponeva fermamente, era contrario a cedere la centrale.

Risalgo verso il paese e da lontano mi sembra di

riconoscere una persona in divisa a me cara, mi avvicino sempre più fino ad avere la conferma: è Stefano, il forestale.

«Buongiorno Stefano, come va?»

«Commissario, che bello rivederti.»

Una stretta di mano e un abbraccio fraterno.

«Sono accorso, mi era giunta una segnalazione di un incendio nel bosco e invece no, era la centrale... che disastro. Farò comunque un giro intorno per assicurarmi che non ci sia qualche principio d'incendio nel bosco che confina con la centrale.»

Non mi faccio scappare l'occasione e chiedo a Stefano se conosce un certo Angelo del paese. Mi risponde di no, però può indagare tramite il banconiere del circolo del paese, un suo amico, un certo Gino.

Ci lasciamo con l'intenzione di rivederci il giorno successivo.

Richiamo all'ordine i ragazzi, salutiamo i pompieri e rientriamo in caserma. Sono le 16.30, abbiamo saltato il pranzo, decidiamo di andare in una locanda qui vicino a fare una merenda, giusto per non perdere l'abitudine di mangiare. Ci relazioniamo tra di noi tra un tagliere di salumi e uno di formaggi, la mia passione.

I ragazzi non sono riusciti a raccogliere nessuna notizia utile, omertà di paese o semplice riservatezza di persone poco abituate a relazionarsi con le forze dell'ordine?

Non so, per fortuna una traccia da seguire tramite i pompieri è giunta a noi.

5.

Suona la sveglia, mi alzo con fatica, con la coda dell'occhio vedo che il tempo non è dei migliori, piove.

Preparo la colazione, fumante come sempre la consumo di fronte alla finestra, sta piovendo veramente forte, il cielo e il lago sono una cosa sola, non esiste né l'Isola Madre, che solitamente è di fronte a me, né il mastodontico monte Mottarone, completamente coperti da nubi scure. Il velo della pioggia battente fa il resto. Quasi quasi torno nel letto a far compagnia a Teresa, ma non posso, alle 8.30 ho appuntamento con Stefano.

Arrivo in ufficio dopo aver comprato il giornale. Non faccio in tempo a entrare che incontro sulla porta Stefano, arrivato tutto di corsa e ridotto nelle mie stesse condizioni. Entriamo nell'atrio del commissariato entrambi zuppi. Decidiamo di attendere per vedere se il tempo accenna anche solo a un sensibile miglioramento che ci permetta di effettuare il sopralluogo in valle. Nel frattempo, Stefano scambia quattro chiacchiere con Filippo e Marco, già conosciuti lo scorso anno nelle indagini in Val Grande e colgo l'occasione per presentargli Fausto e Renato, arrivati dopo l'estate scorsa. Ne approfitto per leggere almeno i titoli del giornale, vado sulle pagine locali e scopro a lettere cubitali il titolo dell'articolo più importante: *Incendio alla centrale idroelettrica, morto il titolare, indaga il commissario Romano*. Mezz'ora è passata, il tempo è migliorato leggermente, decidiamo di andare a Ramello a conoscere il Gino, conoscente di Stefano, per avere qualche notizia in più e provare ad approfondire per quanto riguarda le dicerie su Angelo.

***

Partiti con la mia Mini per non dare nell'occhio, percorriamo la strada che sale verso il paese di Ramello e a mano a mano il tempo diventa sempre più proibitivo, a stento i tergicristalli riescono a spazzare via l'acqua, che sembra buttata giù da enormi secchi, la ventola del riscaldamento, malgrado sia alla massima velocità, non mi permette di mantenere il vetro spannato, perciò la mia mano destra deve tener pulito la parte interna del vetro. Non vola una mosca in macchina, a un certo punto un forte bagliore e un tuono tremendo ci fanno sobbalzare. Dai sedili posteriori della macchina una voce piuttosto spaventata ci sussurra:

«Ma non è il caso di tornare indietro, capo?»

È Fausto, piuttosto scioccato dal temporale in corso. Stefano risponde rassicurandoci:

«Cento metri e siamo arrivati.»

«Meno male» rispondo io.

Eccoci qui, parcheggiamo e uno alla volta scendiamo di corsa ed entriamo all'interno del circolo. Siamo zuppi, unica cosa positiva è che il circolo è vuoto, visto il tempaccio.

«Gino buongiorno, come stai?»

«Buongiorno comandante, bene dai, a parte questo tempaccio.»

«Ti presento il commissario Romano di Verbania.»

«Piacere, Gino.»

«Piacere mio, Francesco Romano.»

Dopo una breve introduzione di Stefano, prendo io la parola e chiedo a Gino se conosce un certo Angelo di Ramello. La reazione del Gino è immediata.

«Certo, è un personaggio strano, inaffidabile, forse la parola giusta per definirlo è mercenario.»

Rimaniamo di stucco per la smorfia scura che ha suscitato la mia domanda. Poi Gino continua entrando nello specifico:

«È intelligente e spesso se ne approfitta delle persone ingenue. L'anno scorso per esempio ha mandato sul lastrico un povero alpigiano che fidandosi di lui aveva investito i propri soldi in un fondo fasullo.»

«Mi scusi, ma per caso sa se Angelo conosceva il Rolando?»

«Rolando chi? Il titolare della centrale andata a fuoco?»

«Sì, proprio lui» rispondo.

A questo punto il Gino si blocca e tentenna. Tutto questo lo nota anche Stefano e lo rassicura:

«Gino, devi stare tranquillo, non è un interrogatorio e poi nessuno saprà di questa chiacchierata.»

«Quello che so io è che la settimana scorsa i due hanno avuto una discussione per la gestione della centrale. Questo è quello che si dice in paese.»

«E Angelo dove vive, qui in paese?» chiedo.

«Vive a Cambiasca, vicino alla chiesa del Carmine.»

Concludo la chiacchierata chiedendogli informazioni sulla centrale, in questo caso il Gino ci indica un insegnante di una scuola superiore di Verbania, un certo Luca, non ricorda il cognome poiché non lo conosce di persona: «Ma spesso quando passavo di fronte alla centrale per andare a dare da mangiare alle galline nel mio pollaio, che dista cento metri dalla centrale, lo vedevo trascorrere pomeriggi interi nella struttura con il Rolando. Si dice che sia un appassionato di centrali idroelettriche, in particolare di quelle costruite nella nostra zona».

È importante avere più notizie possibile. I conti dell'azienda erano in ordine? Era in buono stato? La rendita era allettante o no? Salutiamo il Gino e rientriamo in città per valutare da dove iniziare le indagini.

Partiamo da Ramello, piove ancora, ma non intensamente come prima. Sono le 11.00, salutiamo Stefano e ci troviamo, dopo aver bevuto un buon caffè latte, nel mio ufficio per fare il punto delle indagini da seguire. Si uniscono a noi Marco e Filippo, che erano rimasti a Pallanza per sbrigare le faccende quotidiane del commissariato. Come spesso accade, mentre rientro dai sopralluoghi, il mio cervello incomincia a ragionare per intuire la via giusta da intraprendere cosicché, come rientro in ufficio, ho già le idee chiare.

«Ragazzi, utilizzerei la stessa tecnica adottata per le

indagini in Val Grande, cioè due squadre su due obiettivi diversi, ma questa volta non commetteremo l'errore di non comunicare tra di noi. Filippo e Fausto indagherete su Angelo; invece, Marco e Renato, voi dovrete tornare alla centrale e cercare qualcosa di anomalo, anche se dopo tutta l'acqua caduta sia dal cielo che quella utilizzata per spegnere l'incendio tutto è più complicato. Io cercherò di contattare questo insegnante di nome Luca che lavora alla scuola superiore "Ferrini" per capirci di più sul mondo delle centrali idroelettriche.»

Ecco qui, la mia squadra è pronta a ripartire per una nuova indagine, ho raccomandato ai ragazzi di non dare nulla per scontato e di confrontarsi spesso tra di loro per scambiarsi informazioni e intuizioni.

***

Non perdo tempo e mi presento dal preside della scuola superiore "Ferrini" di Pallanza. Sul momento noto una certa agitazione del preside per la mia presenza inaspettata, dopo averlo tranquillizzato dicendo che è solo una visita di cortesia, fa un sospiro di sollievo dietro una folta barba e dei vistosi baffi.

«Sono venuto da lei per avere un'informazione in merito a un insegnante del suo istituto.»

«Ma certo, commissario, mi scusi se mi permetto, ma devo pensare male?»

«No no, come le ho già detto, nulla di grave, avrei bisogno di incontrarlo, so che si chiama Luca, purtroppo conosco solo il nome e avrei bisogno di informazioni sulla storia locale.»

«Meno male, temevo in uno scandalo all'interno dell'istituto. Sì, ho capito di chi si tratta, venga, venga nell'aula degli insegnanti che lo faccio chiamare subito.»

Nel giro di pochi minuti, sento in lontananza dei passi piuttosto affrettati rimbombare nei lunghi corridoi dell'istituto, sempre più vicini, penso proprio che ci siamo.

«Permesso…»

La porta dell'aula si apre lentamente, sul momento intravedo parte di una testa spettinata, dopo una frazione di secondo, dovuta a un attimo di indecisione, spunta da dietro la porta il viso. Non pensavo di mettere così terrore in questa struttura.

«Avanti, avanti, entri pure.»

A questo punto il giovane insegnante sulla trentina

prende coraggio ed entra.

«Buongiorno, lei è il commissario che mi sta cercando?»

«Luca?»

«Sono io, Luca Caretti, cercava proprio me?»

Mi soffermo a guardarlo, un bel ragazzo, capelli spettinati ma intravedo dietro al suo sguardo serio un viso pulito e allegro.

«Certo che sì, niente di che, si rilassi, avrei bisogno di avere delle informazioni su una centrale idroelettrica della zona, mi è stato detto che lei è uno storico locale molto quotato.»

Noto il Luca più rilassato e, come pensavo, emerge dallo sguardo cupo e serio un accenno di sorriso.

«Non esageri, sono appassionato di storia.»

«Posso chiamarla, Luca?»

«Certo, commissario.»

«Allora, facciamo così, io la chiamo Luca, lei mi chiami pure Francesco, così almeno siamo sullo stesso piano.»

Questa è la tecnica che utilizzo per far sentire a loro agio le persone tese durante semplici chiacchierate come questa, le porta a essere più rilassate e disposte a parlare liberamente.

Come capisce che sto iniziando a indagare sull'incendio di Ramello, lo sguardo si fa più scuro, è dispiaciuto di aver visto un'opera d'arte, come la definisce lui, ridotta in macerie.

«Luca, mi racconti un po' di questa centrale, sono curioso e poi le farò un paio di domande.»

«Certo, commissario.»

«Francesco, mi chiami Francesco.»

«Mi scusi, Francesco. Potrei tenerla qui un'ora parlando di quel gioiello progettato da un ingegnere di Intra, cerco di farla breve: la centrale fu progettata nel 1929 dall'ingegner Pariani proprio nel punto dove in passato sorgeva un mulino. Prima della costruzione passò di proprietà a diverse società per poi essere realizzata dieci anni dopo.

Vede, il gioco è semplice, a monte intercettano l'acqua del fiume San Giovanni, tramite delle condotte "forzate", essa a velocità di caduta fa girare le turbine che producono elettricità. Non è l'unica lungo questo tratto di fiume, pensi che ce ne sono tre da qui a Possaccio che utilizzano la stessa acqua attraverso canali e condotte. Ecco, le ho spiegato il tutto in modo semplice semplice.»

«Grazie Luca, una domanda, lei mi ha detto che ancor prima di essere costruita passò di mano da una società all'altra?»

«Le concessioni per costruire delle centrali idroelettriche le autorizza la Corte dei Conti e non è semplice ottenerle; perciò la concessione stessa ha un grande valore e se uno vuole monetizzare quel pezzo di carta vale più dell'oro. Per farle capire meglio il suo valore, le dico che le tre centrali che ci sono in quel pezzo del fiume San Giovanni riescono a coprire tutto il fabbisogno della complessa area industriale di Possaccio, dove ci lavorano migliaia di persone. Perciò stiamo parlando di diverse migliaia di kw di energia, un mucchio di soldi.»

«Luca, in confidenza, conosceva il Rolando?»

Attimi di silenzio, noto Luca impacciato, in affanno.

«Sì, commissario, mi scusi, sì, Francesco.»

«Ma secondo lei cosa è successo alla centrale? Come ha fatto a morire il Rolando? Non è riuscito a uscire in tempo quando è scoppiato l'incendio?»

«Non so, sinceramente è molto strano un incendio in una centrale idroelettrica, Rolando era una persona molto preparata, non riesco a darmi una spiegazione.»

Noto che il Luca incomincia a irrigidirsi, ha capito che da semplice chiacchierata siamo passati a un mezzo interrogatorio.

«Ripeto, Francesco, quel foglio ha un grosso valore giù a valle, in cartiera qualcosa incomincia a non andar più bene, il lavoro sta rallentando, qualcuno comincia ad aver bisogno di contanti e qualcun altro spinge per acquistare quella centrale, che tra l'altro dovrebbe subire degli interventi importanti, ma per affrontarli servono i soldi e come dicevo i soldi incominciano a scarseggiare, sembra per colpa di alcuni investimenti andati male.»

«Ma a chi incominciano a scarseggiare i soldi?»

Noto nuovamente il Luca in difficoltà.

«A Rolando, commissario, si era fatto tirar dentro in

un investimento rischioso che poi era andato male e da quel momento qualcuno al corrente della situazione lo continuava a pressare per cedere la centrale che aveva ereditato dal padre.»

«Luca, posso farle una domanda personale?»

«Dica pure.»

«Ma come fa a sapere questi particolari? Se sono veri, sono scottanti.»

Luca si è notevolmente incupito, sento il fiato affannato, gli stringo una mano, è gelata. Come gli stringo la mano, Luca alza gli occhi e mi guarda in faccia e dopo qualche secondo di silenzio mi risponde sottovoce:

«Rolando era il fratello di mia mamma, mio zio. È da lui che ho preso questa passione, spesso e volentieri passavo interi pomeriggi con lui all'interno della centrale, per questo so che era preoccupato per certe pressioni arrivate da persone esterne.»

Rimango di stucco.

«Scusi, non sapevo di questa parentela tra di voi.»

«Si figuri, non ha detto nulla di male, sta facendo solamente il suo lavoro. Vede, a monte ci sono altre piccole centrali, alcune addirittura a gestione famigliare, poi chiuse tutte perché davano fastidio a chi vuole avere l'esclusiva, e se i proprietari non accettavano di cedere la centralina, stai tranquillo che prima o poi qualcosa succedeva. Insomma, il pesce grosso mangia quello piccolo.»

«E lei sa chi è il pesce grosso?»

«No, commissario.»

«Grazie per la chiacchierata, eventualmente so dove trovarla. Buona giornata.»

«Anche a lei, commissario.»

Ringrazio il preside della scuola che ha assistito al dialogo con il Luca, lo vedo orgoglioso del suo insegnante, ci tiene a sottolineare la preparazione del suo dipendente su due temi, ingegneria idraulica e archeologia greca dell'Età del bronzo. Rimango perplesso per quanto possa essere straordinario avere le capacità di laurearsi in due campi così diversi tra loro. Saluto e mi avvio verso la rampa delle scale, sono diversi anni che non entravo più in una scuola superiore, l'atmosfera non è cambiata, i professori che strillano nelle classi, i bidelli che rincorrono i ragazzi chiusi nei bagni a fumare, che bella gioventù, quanti ricordi, ero giovane e bello.

Esco dalla portineria ancora con i pensieri che mi offuscano la vista, mi incammino verso il piazzale della scuola, salgo in macchina e rientro in commissariato.

***

Vado direttamente nel mio ufficio, provo a fare il punto della situazione ma subito bussano alla porta.

«Avanti.»

È Marco.

«Commissario, mezz'ora fa ha chiamato Angela, chiedeva di lei.»

«Angela chi?»

«Non so, ha lasciato il suo numero di telefono, eccolo qui.»

«Grazie, Marco.»

Ho fatto finta di non conoscere questo nome per evitare che qualcuno pensi male. Ma che è successo ancora? Provo a telefonarle subito.

«Pronto, Angela?»

«Francesco, buongiorno, come stai?»

«Bene, Angela, mi ha fatto spaventare, mi dica.»

«Ma come, mi dai del lei?»

«Scusami, Angela, dimmi.»

«Francesco, ho sentito dell'incendio di Ramello.»

«Sì, sto seguendo le indagini in merito.»

«Ho letto sul giornale, sono preoccupata per te.»

«Preoccupata?»

«Francesco, lascia stare, ti prego, dietro a quegli impianti solitamente ci sono brutte persone pronte a tutto.»

«E tu come fai a sapere queste cose?»

«Ti ricordi che lavoro faccio io? Da me passano tante persone, anche importanti, lascia stare questa cosa.»

«Angela, questo è il mio mestiere, come fai a dirmi di lasciare stare?»

«Ma è possibile che non tu non riesca a capire? Vabbè, ti lascio, ho un cliente alla porta.»

Mi fermo a riflettere, capisco che queste indagini pian piano si stanno trasformando in un problema serio. Agisco d'istinto, esco dal commissariato, percorro la strada verso il monte Rosso e mi dirigo da Angela. Con calma, senza fretta, così le do il tempo di terminare l'incontro con il cliente. Ma guarda che situazione strana, sono in balia di una sensitiva, è meglio non raccontarlo in giro, farei una pessima figura. Arrivo nei pressi della sbarra, intravedo una macchina che sta uscendo dal terreno privato che porta alla casa di Angela. Non mi fermo con l'auto, faccio il tornante a salire per non far capire a chiunque sia che ero diretto da Angela.

«647344 MI, 647344 MI.» Ripeto in continuazione il numero di targa della macchina che ho appena incrociato, dopo un paio di tornanti, mi fermo e lo riporto sulla mia agenda. Non fumo, ma adesso ci sarebbe stata proprio bene una bella sigaretta. Temporeggio ancora qualche minuto, giro la macchina e torno indietro. La sbarra è aperta, entro nella strada sterrata, chiudo la sbarra e salgo fino al piazzale, lascio la macchina e mi incammino verso la casa. La porta è chiusa, busso, tempo qualche secondo e si apre. Vedo Angela. La trovo molto provata, gli occhi sono rossi, le occhiaie evidenti, insomma ho davanti il viso di una persona che ha appena smesso di piangere.

«Francesco, sei qui?»

Mi viene incontro e mi abbraccia, sento in lei un'ansia disperata, mi guarda negli occhi e con veemenza mi bacia sulla bocca, sorpreso per il gesto inaspettato, arretro di scatto.

«Ma che fai, Angela?»

«Scusami, scusami. Non stare qui sulla porta, entra pure.»

Non capisco questa sua reazione, quasi una richiesta di aiuto.

«Bevi qualcosa, Francesco?»

«No, grazie, ma che ti è preso?»

«Hai ragione, scusami, ho appena finito un incontro molto pesante, ero piena di negatività e dovevo sfogarla in qualche modo.»

Non mi sta dicendo la verità, ma faccio finta di niente e la metto sul ridere.

«Ah ecco, e io che pensavo che fosse un bacio d'amore, invece era solo un bacio di negatività.»

Rimaniamo entrambi in silenzio, ci guardiamo in faccia, tanto che diventa una lotta a chi resiste di più senza ridere. La vedo provata, le si gonfiano le guance per trattenere una risata, non resistiamo più e scoppiamo in una risata incontenibile.

Appena ritornata la calma, mi chiede se ho incontrato una macchina che scendeva, mento spudoratamente e con tono svogliato le faccio capire di non essere stato attento a chi stesse scendendo, ci penso un po' su e le riferisco di aver incrociato tre o forse quattro macchine salendo, ma che ero in difficolta a ricordare di preciso i modelli. Lei si tranquillizza. A questo punto le chiedo una spiegazione di quello che mi ha accennato per telefono, lei rimane sul vago ma ripete il concetto:

«Francesco, dietro alle centrali idroelettriche c'è un

mucchio di interessi, è un'ambiente pericoloso.»

Non insisto sul discorso e dopo un ulteriore invito a bere qualcosa, mi lascio andare e accetto un amaro, ci sediamo in salotto e impronto il discorso su tutt'altro. A questo punto Angela torna sul pezzo:

«Francesco, tu sai il nome della valle dove è bruciata la centrale idroelettrica?»

«Il paese è Ramello.»

«Ramello si trova ai piedi della Valle Intrasca.»

«Hai ragione, perciò?»

A questo punto Angela entra nel suo campo professionale, tra la leggenda e il paranormale:

«Ti spiego: a Scareno in particolare, ma praticamente in tutta la valle, secondo una leggenda esiste lo spirito di un prete che terrorizza gli abitanti. Questo è così potente da far intravedere nelle notti di luna piena sagome di uomini decapitati sulle pareti del campanile illuminato da bagliori apparentemente inspiegabili. Solo grazie a un esorcista, al quale si è rivolta la popolazione, è stato possibile trovare un rimedio per indurlo a lasciare il territorio. Ma fu fatto un errore.»

«Quale?»

«Di concedergli in cambio della sua partenza di poter

lasciare un segno concreto sul territorio. Cosicché lo spirito come segno del suo passaggio causò una frana nel punto in cui lui si trovava. Così lo spirito, inghiottito dalla frana, che ha preso il nome "Brigalun", non ha lasciato la valle.»

«Sì, vabbè, Angela, qui non ti vengo dietro, io a queste cose non ci credo.»

«Lasciami finire, Francesco, per cortesia.»

«Scusami, continua pure.»

«Perciò tutt'ora la leggenda dello spirito che amava spaventare la popolazione con queste immagini di persone con la testa mozzata in valle è ancora viva e vegeta. La leggenda dice che finché la frana sarà in movimento significherà che l'anima di quello spirito è presente. Ahimè, quella frana ancora oggi è in movimento e fin quando non finirà di muoversi e far cadere sassi a valle ci sarà sempre qualcuno che lucrerà sulla leggenda.»

«Lucrerà?»

«Sì, e tutto torna all'origine del nostro ragionamento.»

«Non ti capisco, Angela.»

«Come te lo devo dire, Francesco? Ti parlavo di interessi.»

A questo punto incomincio a spazientirmi:

«Angela, parla chiaro, cosa ci sta dietro? Sono abituato a prendere i problemi di petto.»

Dopo questa mia sfuriata vedo Angela provata e un po' impaurita dalla mia reazione. Mi spiace essere stato così impulsivo e torno sui miei passi:

«Scusami, sono stato un maleducato, non si ripeterà.»

«Scusami tu, Francesco, sarò chiara. Dietro questa leggenda si era formato un gruppo di appassionati dell'occulto.»

Ecco, ci mancavano solo gli amanti dei fantasmi.

«E cosa fanno questi appassionati, fanno cadere i sassi dalla frana per mantenere viva la leggenda?»

«Non sei simpatico quando parli così, se ti interessa, ti spiego, altrimenti amici come prima.»

«Scusami, era solo una battuta.»

La vedo scocciata, offesa per queste mie risposte molto scettiche, devo riparare per riprendere il discorso e farle finire di raccontare il tutto.

«Francesco, non ho tempo da perdere, se mi interrompi ancora una volta, non tornerò più sul discorso.»

«Ti chiedo ancora scusa, finisci pure.»

«I componenti di questo gruppo si ritrovano ancora oggi in una casa abbandonata della valle per adorare lo spirito ogni volta che c'è la luna piena. Questa casa è famosa perché si diceva che nel passato appartenesse a una strega che era stata messa al rogo. Tutto si fermava nell'adorazione, fin quando un paio di anni fa si sono avvicinati al gruppo alcuni forestieri, persone che frequentavano il paese d'estate, milanesi. Da subito si sono fatti riconoscere come poco raccomandabili con dei fini che non si fermavano all'adorazione. Hanno iniziato dapprima con discorsi violenti e in un secondo tempo hanno soggiogato alcune persone fino a commettere delle estorsioni. Qualche storico del gruppo ha cercato di ribellarsi a questi nuovi componenti, ma ha dovuto lasciare la setta dopo varie violenze fisiche e materiali ricevute, tipo misteriosi incendi delle proprie macchine e case.»

Rimango sbigottito e mi viene spontanea una domanda:

«E tu come fai a sapere queste cose?»

Angela, con le lacrime agli occhi, abbassa il capo, con una voce sconfortata mi risponde:

«Perché una di queste persone sono io.»

Sento di averla in pugno, non perdo tempo e affondo il colpo:

«Angela, ma allora vuol dire che quella macchina che

ho visto andar via appartiene a uno di loro?»

Alza immediatamente il viso oramai sporco del nero della matita dei suoi bellissimi occhi, occhi che non hanno saputo arginare le lacrime.

«Ma allora li hai visti?»

«Angela, ricordati che tu sei una sensitiva, io sono un commissario. Cosa volevano ancora da te?»

«Nulla di che.»

È chiaro che sta mentendo perciò insisto.

«Angela, per favore, non fartelo chiedere un'altra volta.»

Abbassa nuovamente la testa e svuota il sacco:

«Non sono stati gentili con me, io non ho voluto collaborare e loro mi hanno minacciata.»

«Non puoi restare qui da sola, ti potrebbero far del male.»

«Non mi faranno mai del male, vogliono continuare ad avere i contatti con lo spirito del prete a cui gli appartenenti alla setta sono devoti. Vorrebbero che io mentissi e facessi dire allo spirito quello che vogliono loro per soggiogare i fedeli e fargli commettere illeciti e pressioni nei confronti degli abitanti del paese per i loro sporchi traffici. È su questo punto che non ho voluto stare ai loro giochi.

Io sono una sensitiva, non una ciarlatana come loro.»

«E quali sono i loro sporchi traffici?»

Per l'ennesima volta Angela si ammutolisce, lo sguardo torna a essere cupo, non risponde più alle mie domande ma capisce di essere in pericolo.

È più forte di me, l'abbraccio per una decina di secondi, la guardo in viso, sono tentato di baciarla, poi ci ripenso, la saluto e mi appresto a uscire. Lei mi segue fino alla porta, mi saluta con un bacio sulla guancia e si scusa per l'irruente bacio precedente.

Rientro in commissariato, tra un tornante e l'altro penso a questa storia assurda, mi sento in una posizione strana, molto strana, tra un dramma e un innamoramento pericoloso che sta per nascere.

Ora è chiaro perché mi aveva chiesto di stare lontano dalla questione centrale idroelettrica. Entro in commissariato e chiamo subito Marco in ufficio.

«Dica, capo.»

«Ecco qui un numero di targa, per favore, il prima possibile voglio sapere vita morte e miracoli del proprietario di questa targa. È molto importante.»

***

Siamo ai primi giorni di marzo, le giornate si sono già allungate, il freddo è ancora pungente, anche se con la mente sono già proiettato verso la primavera. Guardo l'orologio, sono le 18.00, rientro a casa. È stata una settimana lunga, niente giretto al mercato con Teresa, visto il sabato lavorativo per il sottoscritto. Mi appresto a salire le scale di casa, a metà della rampa un profumo mi inonda le narici sensibili. È di minestrone, quello che piace a me, entro in casa, saluto la mia metà impegnata in cucina e vado a farmi una doccia per togliermi il freddo dalle ossa e soprattutto il profumo di donna che posso aver addosso dopo l'incontro ravvicinato con Angela. Teresa su queste cose è infallibile.

La serata è rigorosamente improntata sul divano a guardare la tv, fa ancora troppo freddo per le uscite serali. Restiamo incollati alla televisione a guardare su Rete 1 il varietà *Ma che sera*, condotto da Raffaella Carrà e diretto dal mio preferito tra i registi italiani del piccolo schermo: Gino Landi. Il programma per la prima volta in Italia è trasmesso a colori! Io e Teresa possediamo ancora un televisore in bianco e nero, quanto ci piacerebbe non dover più immaginare le varie tonalità dei vestiti del pubblico e i magnifici capelli biondi della Carrà, ci sembrerebbe di stare direttamente dentro allo studio di registrazione... Vedrò per Natale di fare un regalo a Teresa.

***

È lunedì mattina, prima di andare in ufficio mi fermo dal buon Beppe, busso e sento i passi che si avvicinano con la consueta calma al portone d'ingresso, la chiave girare tra gli ingranaggi della serratura e infine il cigolio del vecchio portone aprirsi.

«Commissario, che sorpresa, entri pure.»

«Caro Beppe, ti assicuro che questa è solo una visita di cortesia.»

«Ah ah ah, non ci credo, si sieda pure, io arrivo subito.»

«Le vecchie abitudini non muoiono mai...»

Tempo un minuto e si ripresenta con il solito bicchierino di amaro.

«Allora, commissario, che si dice in giro?»

«Per ora nulla di che, vedremo se la primavera porterà qualche novità.»

«Commissario, ha carta e penna?»

«Cosa devo scrivere, Beppe?»

«Non ci credo che un commissario come lei non abbia una penna.»

«Certo che ce l'ho, è pure di marca...»

«Ecco, un foglietto glielo concedo io, un po' stropicciato ma va bene, scriva: Pierino Patrelli.»

«Ok, scritto, ma chi è questo signore?»

Il caro Beppe senza perder tempo si è messo nuovamente a intrecciare le canne di bambù e la paglia, non riesce a parlare se le sue mani non sono in movimento.

«È un boscaiolo della valle, lo faccia pedinare o gli faccia mettere una cimice in casa, vedrà che qualcosa di buono sull'incendio della centrale ci esce.»

«E tu come fai ad avere certe informazioni?»

Oramai conosco a menadito il Beppe, mi scappa un sorriso immaginando la sua reazione, che arriva puntuale: interrompe la sua attività, appoggia l'attrezzo di lavoro sul tavolo, abbassa leggermente la testa e con lo sguardo rivolto verso l'alto e le pupille fuori dalle orbite mi guarda intensamente e dopo alcuni secondi:

«Commissario, ognuno ha i propri informatori.»

Dopo aver riportato la testa in posizione normale e aver dato un colpo agli occhiali per farli tornare operativi, riprende in mano l'attrezzo e torna alla sua attività e mi lascia un'ulteriore informazione importante:

«Gli stia sotto, caro Francesco, sembra che tra le altre cose sia un amante dell'occulto.»

Rimango qualche secondo fermo a guardare il Beppe per cercare di incrociare il suo sguardo per captare qualche sensazione senza riuscirci, ha ripreso a pieno ritmo il suo lavoro. Mi volto, saluto e mi avvio verso la porta che porta all'uscita. Non faccio in tempo ad arrivare all'uscita che mi raggiunge inaspettata l'ultima perla di saggezza del Beppe:

«Stia attento, commissario, non si lasci coinvolgere troppo.»

Più che una perla, la ritengo una frecciata sparata dritta al cuore, in tutti i sensi.

«E questa, Beppe, da che cilindro l'hai tirata fuori?»

«Cilindro? Quale cilindro?»

È chiaro che si riferiva ad Angela. Non ci penso due volte e contrattacco:

«Ma tu cosa sai di Angela? Nei giorni scorsi mi ha fatto delle affermazioni un po' strane.»

«Del tipo?»

«Mi ha chiesto di non seguire le indagini sulla centrale perché è molto pericoloso e mi ha parlato di una setta.»

«Qui non la posso aiutare, non so nulla, io intendevo di non lasciarsi coinvolgere sentimentalmente.»

«Ma figurati, io sto bene con la mia compagna.»

«Sono contento per lei.»

Dopo il secondo bicchierino mi alzo dalla sedia con un po' di difficoltà e mi appresto a uscire dalla bottega e a raggiungere il commissariato.

«Buongiorno ragazzi, tutto bene?»

Mi viene incontro Marco e mi consegna una busta.

«È per lei, capo.»

«Grazie, Marco, novità?»

«Certo che sì.»

Entro in ufficio, mi siedo e apro la busta, che bravo Marco, ha già effettuato la ricerca sulla targa della macchina che usciva dal terreno di Angela. Interessante, ingegnere di Milano, un certo Federico Costanzo. Non so che fare, se approfondire le indagini o meno, vediamo, ci penso. Ora mi organizzo per vedere che fare con questo Pierino Patrelli indicato dal Beppe. Mi alzo, apro la porta del mio ufficio e chiamo i ragazzi.

«Tutti qui da me tra cinque minuti.»

Cerchiamo di fare il punto della situazione.

«Bene, ragazzi, sentiamo le novità su questo Angelo.»

Filippo, che con Fausto sta seguendo Angelo, spiega al gruppo:

«Angelo Raviola, un quarantenne senza lavoro fisso, si arrangia con impieghi saltuari e non sdegna lavoretti definiti “sporchi”, come la vendita di piccoli gioielli, motorini e autoradio rubate, già pizzicato dai carabinieri qualche volta. In paese è nota la litigata con il povero Rolando una settimana prima della sua morte. Pensavo di tenerlo sotto controllo, visto che negli ultimi mesi, spesso e volentieri, manca dal paese, sembrerebbe che si sposti con il treno, non si sa per quale meta, probabilmente va a Milano.»

«Bene, ragazzi, siete autorizzati a seguire il Raviola, però, attenzione, non bisogna pressarlo, se si sentirà braccato non ci darà soddisfazioni; perciò non indaghiamo su di lui in paese, piuttosto passiamo giornate inutili in stazione, prima o poi prenderà il treno.»

«Perfetto, capo.»

«Tu, Marco? Novità sul luogo dell’incendio?»

«Due cose interessanti, capo, la prima è che secondo i referti del dottore, il povero Rolando è stato trovato con le gambe e un braccio rotti, questo vuol dire che ha avuto una colluttazione prima di morire asfissiato, la seconda è che ho trovato in prossimità del corpo del Rolando una collana con un ciondolo strano che mi ha incuriosito.»

«Interessante, per rompersi due gambe e un braccio durante una colluttazione, vuol dire che l'avversario del Rolando era armato di un bastone o di qualcosa di simile, ma soprattutto le gambe rotte possono aver impedito al Rolando di mettersi in salvo. Mi fai vedere la collana che hai trovato?»

«Eccola qui, capo.»

La collana è piuttosto spessa, a maglie larghe, e il medaglione rappresenta una corona circolare con in mezzo una persona decapitata.

Rimango di stucco, un brivido mi risale la schiena, vedo un collegamento con tutto quello che Angela mi ha detto, tolgo lo sguardo dal medaglione, osservo i ragazzi e chiedo a loro:

«Vi siete chiesti che simbolo possa essere?»

Da buon vice Marco prende la parola, guardando fisso il ciondolo con sguardo e voce scocciata per non aver ancora trovato una risposta alla mia domanda:

«Ancora no, pensavo di chiedere in paese.»

Penso che non sia il momento di portare a conoscenza i ragazzi delle notizie avute da Angela, è ancora presto, nello stesso tempo preferisco non divulgare questo ritrovamento, ma tenere la questione come jolly.

«No, Marco, non sveliamo nessun indizio, provo io a chiedere a persone fidate, di sicuro chi ha ridotto in quelle condizioni il Rolando è una persona violenta e senza pietà.»

Dopo una pausa caffè latte, porto a conoscenza i ragazzi dell'incontro con l'insegnante Luca e sulle ricerche fatte da Marco su una targa sospetta. La macchina è intestata a un ingegnere titolare di un'azienda di progettazioni e sviluppo nel campo dell'energia con sede a Milano. In questo momento non è difficile intuire che può essere coinvolto in questa indagine. Fatta tale riflessione tra me e me, dispongo i nuovi incarichi.

Filippo e Fausto staranno in stazione a Fondotoce alternandosi uno al mattino e l'altro al pomeriggio per verificare se Angelo usi il treno per gli spostamenti verso Milano e, in tal caso, il loro compito sarà di pedinarlo per capire la sua meta. Invece a Marco e Renato chiedo di indagare su Pierino Patrelli.

«Ragazzi, abbiamo diverse piste ancora poco chiare, concentriamoci e non lasciamo trapelare nulla all'esterno.»

Decido di telefonare a Stefano, il comandante della forestale, voglio mostrargli la collana ritrovata per vedere se gli ricorda qualcosa il ciondolo e già che ci sono chiedergli se conosce Pierino Patrelli, il boscaiolo indicato da Stefano.

«Pronto, Stefano?»

«Sì, chi parla?»

«Ciao, sono Romano.»

«Commissario, come stai? Avevo intenzione di chiamarti per la questione dell'incendio a Ramello, ma sono sempre indaffarato con il lavoro. Dimmi pure.»

«Brutta storia quell'incendio, senza tener conto di quel poveretto. A parte l'occasione, è sempre un piacere rivederti. Avrei bisogno di mostrarti un ciondolo e chiederti di un boscaiolo della zona.»

«Un ciondolo?»

«Ma sì, un ciondolo trovato vicino alla vittima.»

«Vieni oggi da me, ti aspetto.»

«Perfetto, Stefano, non mancherò.»

Pranzo veloce con la mia Teresa, un buon caffè allungato con il latte e poi via verso il commissariato, oggi in macchina, vista la mia breve trasferta a Intra da Stefano.

Giornata limpida e devo dire calda per la stagione,

siamo a metà marzo, esattamente il 15, la natura è in piena evoluzione, come dicono i vecchi della mia zona, la terra incomincia a "bollire", a risvegliarsi. Anche l'astrologia e lo zodiaco non a caso collocano in questi mesi di risveglio i segni che rappresentano il fuoco, la terra e l'aria. I primi fiori ci strizzano l'occhio, gli alberi mostrano i loro germogli, come da sempre, la primavera avanza inesorabilmente.

Entro in commissariato, i ragazzi sono in piena attività, non li disturbo, mi chiudo nel mio ufficio fino alle 15.30, poi esco e mi dirigo verso la caserma da Stefano.

«Francesco, entra pure, bevi un caffè?»

«Grazie, con un po' di latte.»

«Me lo ricordo, me lo ricordo.»

«Grazie, Stefano, preciso come sempre.»

Entriamo nel suo ufficio, dopo aver scambiato quattro parole, estraggo dalla tasca una busta e mostro a Stefano la collana con il ciondolo. Stefano prende in mano il ciondolo e lo fa ruotare tra le dita, cercando di capire se nel retro ci sia incisa qualche lettera, poi lo posa sulla scrivania, mi guarda negli occhi e prende la parola:

«Commissario, questo è un ciondolo piuttosto particolare, penso di poco valore, ma di forte impatto simbolico.

La decapitazione di persone e animali ha sempre fatto parte di un mondo satanico e solitamente risalente all'antichità. La scorsa estate alcuni amici mi dissero di aver sentito parlare di un'ipotetica setta in cui i fedeli portavano al collo dei ciondoli con persone decapitate. Io la presi sul ridere senza dar loro più di tanto peso. E guarda qui, prima o poi tutto torna. Andrò dai miei amici per approfondire la cosa. Sarebbe un ottimo indizio capire la sua provenienza. Dove l'hai trovato, Francesco?»

«Era all'interno della centrale che è bruciata, a pochi metri dalla vittima, e visto che la vittima deve aver lottato con chi probabilmente le ha rotto gambe e braccio, presumo con un bastone prima di dare fuoco alla centrale, pensavo che potesse essere stato strappato durante la colluttazione.»

«Sei sicuro che non appartenesse alla vittima?»

«Non credo, però posso chiedere a chi lo conosceva bene. Seconda e ultima domanda: conosci un certo Pierino Patrelli?»

«Certo che sì, personaggio poco raccomandabile, è un boscaiolo.»

«Sì, mi è stato detto.»

«Ha avuto molti problemi con la giustizia in passato,

abbattimento di alberi in proprietà privata, bracconaggio, rissa, ha pure una denuncia per scasso e occupazione di proprietà privata, una vecchia storia di messe nere, potrei continuare… Insomma, una brutta persona che non si è mai fatta mancare nulla.»

«Questo è interessante, sto per mettergli due dei miei uomini alle calcagna, potresti darmi qualche dritta? Dove e chi frequenta?»

«Certo, anche se sono un po' preoccupato, il Pierino è una persona molto instabile e non ha terra ferma, se sei d'accorto, mi propongo come collaboratore. Conosco zona e persone, sicuramente i tuoi uomini avrebbero vita più facile.»

«Affare fatto, amico!»

Rientro in commissariato soddisfatto e, a pensarci bene, avere Stefano è una sicurezza in più per i miei ragazzi. Come rientro in ufficio, avviso i ragazzi, così già domani prenderanno contatti con Stefano per le indagini. Non perdo tempo e provo a contattare il Luca per mostrargli il ciondolo e capire se l'abbia mai visto al collo del Rolando.

Detto fatto, convoco l'insegnante per domani in tarda mattinata sarà in commissariato.

Rientro a casa, mi sento stanco, percorro la strada con fatica, sarà il cambio di stagione, chi lo sa, una cena veloce e subito dopo essermi seduto sul divano nel giro di dieci minuti incomincio a intravedere sul soffitto tante pecorelle.

6.

Ore 7.00, mi sveglio, rimango per dieci minuti a guardare il soffitto, amo ascoltare nel silenzio mattutino i primi uccelli che chiacchierano tra di loro interrotti solo dalle auto in movimento sulla strada sottostante.

Mi alzo dal letto in punta di piedi per non svegliare la mia amata e procedo nella routine mattiniera che si conclude con il bacio sulla fronte a Teresa, prima di uscire di casa.

Mi incammino a piedi verso il commissariato, devo dire che la temperatura non è un granché, questa notte penso che il termometro sia sceso quasi allo zero, tira un'aria gelida, ora saremo intorno a cinque, massimo sei gradi, direi freddino per il periodo. Questa brezza da nord rende l'aria frizzantina, mantiene la temperatura bassa.

È giovedì, poche le persone in giro, percepisco una strana atmosfera nell'aria, non mi è mai capitato, sento il mio battito cardiaco in aumento, come se stesse per succedere qualcosa, saranno i troppi caffè, devo stare attento:

con il cuore non si scherza. Entro in commissariato, i ragazzi sono già al lavoro, alle 9.00 arriverà Stefano per iniziare le indagini.

«Buongiorno a tutti.»

«Capo buongiorno.»

Per primo incrocio Marco, sempre impeccabile nel vestirsi, un vero signore, in attesa dell'arrivo di Stefano.

9.15, suonano il campanello con insistenza, esco dall'ufficio adirato.

«Ma chi è che suona in questo modo?»

«Non lo so, capo.»

«Vai ad aprire, Filippo, e dagli subito una girata, non siamo mica alle giostre.»

Filippo si dirige a passo sostenuto verso la porta, nello stesso momento il campanello incomincia nuovamente a suonare ininterrottamente. A questo punto mi viene da pensare che sia accaduto qualcosa di grave, non mi do una spiegazione plausibile per accanirsi con tanta veemenza sul campanello di un commissariato, ancora qualche secondo e risolveremo l'enigma. Filippo apre la porta con un certo nervosismo e lo vedo spalancare gli occhi.

«Santo cielo, Stefano, ma ti si è incollato il dito sul campanello?»

«Scusate, ragazzi, accendete la televisione o la radio immediatamente, è successo un disastro a Roma! Ero in macchina, l'ho sentito alla radio.»

Mi catapulto nuovamente nel mio ufficio, solo qui abbiamo il televisore, lo accendo di tutta fretta, sento dietro di me entrare i ragazzi, compreso Stefano, tutti insieme attendiamo l'accensione del televisore, oggi più del solito è lento. Ecco qui, sulla Rete 1 la sigla del telegiornale. Strano a quest'ora, il presentatore con voce accelerata e ansiosa lancia la notizia appena arrivata in redazione, uno scontro a fuoco, alcuni poliziotti uccisi e un esponente di spicco della politica italiana rapito: Aldo Moro. Non riusciamo a staccarci dal televisore per tutta la mattina, il momento è drammatico, l'Italia è in difficolta, mi ritornano in mente le indagini svolte lo scorso anno.

Decidiamo di rinviare a domani mattina la riunione con Stefano, non ha senso oggi, le nostre menti sono offuscate dall'accaduto.

Oggi, 16 marzo 1978, sarà una data che passerà alla storia.

***

Rientro a casa alle 13.00, non ho fame, mi siedo sul divano e ci rimango per tutto il pomeriggio, silenzioso, demoralizzato, incapace di reagire. Brutta giornata iniziata male, seguita con questa notizia di cronaca sconvolgente, le immagini dei colleghi freddati senza pietà solo perché svolgevano un compito a loro assegnato, lì distesi a terra o all'interno della loro macchina. Nel momento in cui giuri fedeltà alla bandiera, ti sembra di volare, sei felice della scelta, vedi davanti a te un futuro roseo, orgoglioso della tua scelta. Non c'è pietà in questo mondo, quei ragazzi sono stati trucidati nel tentativo di reagire all'attacco per difendere un uomo dello Stato, hanno dato la loro vita. Non c'è stato scampo per nessuno di loro, il conflitto a fuoco deve essere stato tremendo. La sera passa tra un telegiornale e un radiogiornale, è mezzanotte, mi addormento.

***

Alle 6.00 i miei occhi provati da una notte insonne assomigliano a due fanali esausti, accesi, puntati al soffitto della camera, decido di alzarmi e fare colazione. Un caffè latte caldissimo serve per svegliarmi da questo incubo che mi ha accompagnato per tutta la notte.

Sono le 8.00, il commissariato è già aperto, Marco è intento a preparare la documentazione sui precedenti penali che riguardano il Pierino Patrelli.

Ore 8.30, suonano alla porta, è Stefano con un suo collega. Saluti di rito e poi una bella tavola rotonda con tutti gli indizi sul tavolo. Prendo la parola, anche se non è necessario, preferisco chiarire subito le motivazioni del coinvolgimento di Stefano in questa indagine.

«Visto che diversi indizi ci portano a pensare che le indagini coinvolgeranno dei paesi di montagna ho pensato di collaborare nuovamente con chi conosce bene il territorio, comunicherò al questore questa mia decisione.»

Marco mostra un'accurata documentazione sul Pierino, abitante di Aurano, piccolo paese montano, ma Stefano ci riferisce che secondo notizie pervenute a lui, il Patrelli non abita più lì ma fa il pendolare. Sembra che ogni mattina da un paese lacustre salga in valle a lavorare. Decidiamo di intercettarlo senza farci accorgere e seguire le sue giornate per valutare se è coinvolto in questa indagine.

Ore 10.30, suona il telefono, è Fausto.

«Commissario, sono alla stazione di Milano, non ho fatto in tempo ad avvisarvi, sto seguendo Angelo, questa mattina mi è passato davanti tutto di fretta e ha preso il treno all'ultimo minuto.»

«Bella notizia, Fausto, non esporti troppo, comunque sia rientra con l'ultimo treno a Verbania.»

Porto a conoscenza il resto del gruppo della buona notizia di Fausto e ci accordiamo per cercare di intercettare il Pierino, qualcosa incomincia a muoversi.

Sono le 11.30, mentre sono fuori dall'ingresso del commissariato a prendere una boccata d'aria e a scaldare le ossa con il sole di marzo. Intravedo Luca, l'insegnante, avvicinarsi di tutta fretta.

«Buongiorno commissario, come sta?»

«Benvenuto Luca, qui al sole si sta una meraviglia. Prego, entriamo pure nel mio ufficio.»

Simpatico e di bell'aspetto, originale con questa sua capigliatura un po' spettinata tenuta in piedi da un barattolo di gel per capelli, le guance rossicce e un sorriso da invidiare.

«Eccoci qui, Luca, la ringrazio per la tua disponibilità, volevo mostrarti un oggetto.» Apro il cassetto ed estraggo la collana con il ciondolo e glielo mostro. «Abbiamo trovato questo ciondolo vicino al cadavere del Rolando. Per caso l'ha mai visto con questo indosso?»

Il Luca prende in mano il ciondolo, lo vedo un po' in imbarazzo, lo gira e lo rigira tra le dita per valutare la presenza di eventuali sigle o iniziali.

«Non ho mai visto questo ciondolo, non so da dove possa essere spuntato.»

«Ci pensi, non ho fretta.» Non perdo tempo e a bruciapelo gli chiedo: «Luca, conosci un certo Pierino Patrelli?».

A questo punto diventa serio, con una smorfia quasi da scocciato e gli occhi persi nel vuoto.

«Sì, commissario, è un boscaiolo che frequenta la valle, però non penso che abbia mai avuto modo di conoscere mio zio.»

È chiaro che l'ho convocato per la questione della morte dello zio, ma fino a prova contraria non gli ho chiesto se poteva essere associato a questa situazione, si vede che ha dato per scontato il tutto, comunque io sto al gioco.

«Ne è sicuro, Luca?»

«Questo no, commissario, sicuramente è un personaggio poco raccomandabile ma, che io sappia, con mio zio non ha mai avuto a che fare.»

«Il ciondolo? Può essere associato a lui?» gli chiedo.

«Non le so dire.»

«Suo zio prima di morire soffocato è stato violentemente picchiato, tanto che non è riuscito poi a mettersi in salvo.»

«Non riesco a crederci, mio zio era una persona semplice e umile, voleva bene a tutti.»

Lascio andare il Luca, personaggio dalle tante facce, sorridente, timido ma anche ombroso. Voglio andare a fondo per quanto riguarda il ciondolo, ritengo che sia un oggetto chiave per l'indagine e per altro da qualche parte devo pure incominciare. Il prima possibile convoco il Pierino per vedere una sua reazione di fronte al ciondolo. Sono le 18.00, suona il telefono, è Fausto.

«Commissario, tra dieci minuti parte il treno per rientrare a Verbania.»

«Bene, Fausto, a che ora arriverai?»

«Se non ci saranno ritardi, alle 19.30.»

«Mi troverai in stazione.»

«Grazie mille.»

Chiamo Stefano e lo porto a conoscenza della mia intenzione di fermare il Pierino, per capire dove si trovava il giorno dell'omicidio e il suo rapporto con il Rolando.

Mi avvio verso casa, il tramonto è qui davanti a me, pian piano il dio Sole da giallo diventa arancione intenso e va a sparire dietro le montagne creando un'atmosfera speciale riflessa su un lago piatto, come consuetudine in questo periodo dell'anno.

Alle 19.00 prendo le chiavi della mia Mini e mi dirigo verso la stazione ferroviaria ad aspettare l'arrivo di Fausto da Milano. Stranamente qui a Verbania al contrario di ogni città, la stazione rimane in periferia a circa 7, 8 chilometri dal centro, d'altronde la linea ferroviaria internazionale passa in quel punto.

«Commissario buonasera, la ringrazio per essere venuto a prendermi.»

«Figurati, Fausto, ho fatto solo una passeggiata.»

Saliamo sulla mia Mini per tutto il tragitto di rientro, Fausto mi relaziona sulla giornata milanese passata a pedinare Angelo. Secondo il suo punto di vista non c'è nulla di particolarmente rilevante, è stato tutto il giorno all'interno di uno studio di ingegneria. Rientro a casa, giornata pesante, accendo la tv e mi siedo sul divano, giusto il tempo che le valvole del mio vecchio televisore emettano attraverso i tubi catodici le immagini violente, sporche di sangue dei colleghi morti a Roma, è chiaro che tutta l'attenzione è focalizzata sul rapimento e l'uccisione dei colleghi. Mi alzo dal divano e, senza esitare, spengo il televisore, le immagini troppo forti e drammatiche di un periodo che non accenna a passare mi destabilizzano.

***

Ore 9.00 del mattino, Marco alla radio della macchina di servizio mi comunica di aver fermato il Pierino Patrelli in un finto posto di blocco nella strada che da Cambiasca porta verso Aurano e di aver invitato il Patrelli a seguirlo in commissariato per verifiche sull'assicurazione dell'auto. Dopo venti minuti circa, i ragazzi con il Patrelli sono qui fuori dal commissariato.

«Buongiorno, entrate pure, piacere, sono il commissario Romano.»

«Piacere, Pierino Patrelli, non capisco la necessità di dover venire qui per un controllo inesistente, io l'assicurazione l'ho pagata e non ho tempo da perdere.»

Il Pierino, uomo di mezza età, capelli ricci e lunghi fino alle spalle, il viso inondato di rughe, la fronte evidenziata da una cicatrice e le mani consumate da piaghe e tagli. È piuttosto alterato e lo capisco, devo ammettere che la scusa per portarlo in commissariato è proprio debole. Lo invito a sedersi assicurandogli che nel giro di una decina di minuti lo lasceremo andare a lavorare.

«Posso almeno togliermi il giubbotto? Qui dentro è un forno, è chiaro che non pagate voi il riscaldamento, lo paghiamo con le nostre tasse.»

Lo guardo un po' storto per alcuni secondi e gli rispondo: «Lei non si deve preoccupare, se ha caldo per me può rimanere anche in canottiera».

Un po' per i bollori un po' per sfida il Pierino si toglie maglione e camicia.

«Faccia pure, poi se domani avrà la febbre e non potrà andare a lavorare non venga qui a reclamare, perché la sbatto in cella.»

La sfida verbale continua:

«Mai avuto febbre in vita mia, non sono uno statale io.»

Che personaggio antipatico! Mi avvio verso la mia scrivania, apro il cassetto, estraggo il ciondolo trovato nella centrale a Ramello, lo stringo all'interno del pugno e mi avvicino a lui per mostrarglielo, nel frattempo alzo lo sguardo per cercare di interpretare un'eventuale espressione del viso, arrivo a circa un metro da lui, sto per aprire il pugno per mostrargli il ciondolo ma mi blocco. Mi avvicino ancora più a lui, rimasto in canottiera, lo guardo intensamente causando una sua reazione.

«E ora cosa vuole fare, controllare se ho le pulci?»

Rispondo con un tono da presa in giro:

«Ma che bello quel ciondolo che ha al collo, un po' macabro ma bello.»

Incredibile, è identico a quello ritrovato nella centrale bruciata. Il Beppe ha visto lungo anche questa volta. Colpito al cuore, reagisce con un lungo respiro, noto un irrigidimento dello sguardo e una smorfia facciale classica delle persone sorprese. Con la mano destra strofina il ciondolo, lo vedo impacciato, mi guarda negli occhi, serio e immobile per un paio di secondi per poi rispondermi:

«Le piacerebbe averlo? Mi spiace, ma è mio.»

«Molto bello, ma che significato ha?»

Spunta dalle sue labbra un sorriso, chiaramente ironico.

«Non lo so. Se abbiamo finito questa falsa, io me ne andrei, commissario. Sa, a fine giornata non ho nessuno che mi paga lo stipendio. Arrivederci, anzi spero di non incontrarla mai più.»

Si alza dalla sedia e si incammina verso la porta di uscita del mio ufficio mentre tenta goffamente di rivestirsi. Malgrado tutto, capisco l'intemperanza del Pierino, comunque sia non posso farlo andare via così, perderei l'autorità che mi compete.

«Signor Patrelli, mi spiace ma le devo comunicare che potrà lasciare il commissariato solo quando glielo dirò io.»

Il Pierino interrompe la sua camminata verso la porta del mio ufficio e con disappunto si volta verso di me. Con una certa arroganza e una smorfia adirata, alzando la voce mi risponde sdegnato:

«Questo è un abuso di potere, si vergogni!»

A questo punto mi alzo dalla mia poltrona, mi avvicino a lui, e con fare minaccioso gli sussurro:

«Abuso di potere o no, tu vai via da qui solo quando lo decido io.»

Il Pierino a questo punto capisce di dover obbedire, si volta dandomi le spalle e si dirige nuovamente verso la sedia sul lato della mia scrivania, si siede mantenendo una postura scomposta e la faccia adirata. Io continuo a camminare, apro la porta e mi dirigo verso l'ufficio di Marco. Entro nella stanza e lascio detto di temporeggiare altri dieci minuti e poi di lasciarlo andare. Il confronto con il soggetto mi ha lasciato una nuova traccia, sarà importante capire il significato del ciondolo e se veramente quello trovato sia della persona che ha ucciso il Rolando. Di certo c'è che il Pierino è un personaggio così scorbutico che non sono riuscito a captare se la sua reazione scomposta fosse dovuta per la coda di paglia o per il suo pessimo carattere. Lascio l'ufficio e vado a far visita al Beppe, questa volta non vado a mani vuote, altrimenti mi rifila uno dei suoi amari spacca fegato.

***

Busso al portone del laboratorio del Beppe e attendo la risposta.

«Avanti, è aperto!»

«Permesso.»

«Commissario, che sorpresa, entri pure.»

«Questa volta sono venuto a mani piene.»

«Mi faccia indovinare, dal profumo è pizza?»

«Esatto, la buona pizza del nostro prestinaio di via Tacchini.»

Tra un intreccio e l'altro di cannette trovo il posto per appoggiare sul tavolo il vassoio di pizza già tagliata, nello scartare il vassoio, con la coda dell'occhio noto il Beppe che si dirige in direzione del retrobottega. Ricompare come al solito con un paio di bicchieri e una bottiglia, per mia fortuna questa volta si tratta di birra.

«Allora, commissario, qual buon vento l'ha portata qui da me?»

«Ah ah ah… tu la sai lunga molto più di me.»

«Sensazioni, commissario, sensazioni.»

«Questa mattina è stato in commissariato il personaggio che ci avevi suggerito di far seguire.»

«Bella persona, vero?»

«Insomma, sgarbata e maleducata.»

«Commissario, vorrei aggiungere anche violenta, glielo assicuro.»

«Beppe, mi hai suggerito la persona, ma non mi hai detto perché l'hai associata al fatto accaduto?»

A questo punto il Beppe interrompe la masticazione, alza il bicchiere di birra, lo svuota completamente e guardandomi negli occhi mi sussurra:

«Ma chi è il commissario, io o lei?»

Poi con un fare serio mi porta a conoscenza che era stato visto da alcuni suoi amici in auto al paese un quarto d'ora prima dello scoppio dell'incendio, sembrava in attesa, l'ipotesi era stata confermata successivamente quando era giunto alla macchina di corsa proveniente dalla parte bassa del paese un ragazzo che non mi riesce a descrivere poiché avvolto da un giubbotto scuro con il cappuccio. Dopo averlo fatto salire in macchina, Pierino era ripartito quasi sgommando e lasciando il paese.

«E perché non mi hai detto anche questi particolari, Beppe? Oggi l'avrei spremuto a fondo, altro che lasciarlo andare.»

«In effetti questi ultimi particolari li ho avuti ieri da un mio nipote pallanzotto come me che spesso è in trasferta a Ramello dalla fidanzata. E poi ero sicuro che sarebbe tornato da me, sa come dice il detto: "Se Maometto non va alla montagna, la montagna va da Maometto".»

«Che ne dici, Beppe, mi organizzi un incontro con suo nipote per farci due chiacchiere?»

«Certo che sì, commissario, le andrebbe un incontro al buio?»

«Al buio? In che senso?»

«Ah ah ah, commissario, scherzo, mio nipote è un pescatore, stanotte uscirò con lui a pescare in barca, venga anche lei, vedrà che bella esperienza.»

«Caro Beppe, la notte è fatta per dormire, non per andar in giro per il lago. Ti ringrazio dell'invito, ti saluto.»

Rientro in commissariato, chiamo a rapporto Filippo e

Fausto per organizzare una perquisizione a Cambiasca a casa di Angelo nel momento in cui, come spesso accade, lo stesso sarà in trasferta a Milano. Bisogna trovare qualche collegamento tra Angelo e qualcuno degli indiziati.

«Ragazzi, continuate a monitorare la stazione di Fondotoce, nel momento in cui Angelo dovesse prendere il treno, continuerete il pedinamento a Milano, non prima di avvisare qui in commissariato, così noi faremo una perquisizione a casa di Angelo, senza l'autorizzazione del magistrato. Mi confermate che vive da solo, giusto?»

«Sì, commissario,» dice Filippo «ci siamo informati, abita proprio in cima alla salita che porta a Cambiasca, vicino alla chiesa della Madonna del Carmelo. Commissario, non vorrei fare il presuntuoso, però secondo me sarebbe il caso che a pedinare Angelo sia Fausto, visto che ad aprire serrature me la cavo.»

«Concordo, Filippo.»

A questo punto, viste le novità del Beppe, torno sui miei passi e lo chiamo.

«Ciao Beppe, sono Francesco.»

«Commissario, l'aspetto alle 4.00 al porto di Pallanza.»

«Cosa hai intuito, Beppe?»

«Con tutto rispetto, commissario, conosco i miei polli, ah ah ah.»

Un giretto in barca non mi farà male e non è detto che possa saltar fuori ancora qualche testimone dell'ultima ora che ci permetterebbe di trovare ulteriori indizi. Chiamo a rapporto Marco e Renato, li invito a frequentare in modo quasi turistico le osterie, la chiesa e le piazze di Aurano e della valle cercando di intercettare qualche ulteriore notizia sull'accaduto. Stefano invece visiterà gli ambienti frequentati dai boscaioli tipo segherie, fabbri ecc. Ci servono ulteriori prove che riconducano all'incendio della centrale, sono convinto che questa sia la strada giusta.

Marco, da buon vice, mi relaziona e poi mi consegna una fascicolo sull'azienda del Rolando, la vittima, titolare della centrale, ben fatta e completa, direi molto interessante, in linea con la deposizione di Luca.

Interrompo Marco durante la sua relazione nel momento in cui spiega che l'azienda era in difficoltà economica proprio quando alcune revisioni necessarie per il corretto funzionamento della centrale erano oramai al limite della scadenza.

«Scusa, Marco, fermati qui, voglio farti una domanda:

ma queste informazioni tu dove le hai recuperate? Mi sembrano molto personali.»

«Capo, in paese, all'osteria e da alcuni parenti tra cui Luca, il povero Rolando non nascondeva nulla in paese, poi con qualche bicchiere di troppo diventava un libro aperto.»

«Perciò era una situazione nota a tanti e questo non ci facilita la ricerca.»

Devo andare a fondo su quanto detto da Angela.

Rientro a casa, ceno con Teresa e inauguriamo la stagione delle passeggiate serali. La temperatura è ancora freddina, ma ben coperti è un vero piacere salutare la primavera che ci sorride. Siamo a marzo, ma oramai il conto alla rovescia è iniziato, gli alberi sono già carichi di boccioli pronti a sbocciare ed emanare i profumi intensi della primavera che rinasce puntuale ogni anno. L'intensità dei colori che tanto esaltano le giornate fa da cornice in questo periodo dell'anno, come in un quadro che descrive la primavera. Rientriamo a casa verso le 22.00.

Mezzoretta sul divano a godermi la tarda serata, incomincio ad avere le palpebre pesanti, capisco che è ora di andare a dormire.

Sono le 2.30, mi sveglio di sobbalzo, rumori strani in

strada, esco dalla stanza e intravedo dei lampeggianti blu. Mi avvicino alla finestra, santo cielo, sono i pompieri impegnati a spegnere una macchina che sta bruciando. Mi vesto di tutta fretta e sveglio involontariamente Teresa.

«Amore, che succede?»

«Scendo in strada, sta bruciando un'auto.»

Due minuti e sono in strada, mi avvicino al camion dei pompieri, sono ancora mezzo addormentato, che stupido, potevo portare giù le chiavi della mia Mini in caso di necessità, avrei potuto spostarla per evitare coinvolgimenti. Guardo prima a destra poi a sinistra, non vedo la macchina, provo a ricordare dove l'ho parcheggiata. Mi avvicino ulteriormente a guardare l'auto che brucia, mi viene un pensiero, un dubbio e infine una certezza.

«Nooo, è la mia macchina!»

«Si allontani, per cortesia, può essere pericoloso» mi dice un pompiere.

«Mi scusi, mi scusi, è la mia macchina.»

«Era la sua macchina...»

Mi risponde il pompiere. Vedo un ulteriore lampeggiante dietro di me che si avvicina, sono i carabinieri avvisati dai pompieri. Ma che cosa può essere successo? Non ci credo, la mia Mini non c'è più. Mi presento al maresciallo dei carabinieri, tutto è vano, i documenti erano in macchina, non ho nulla in mano. Guardo il fumo nero che si alza al cielo e penso a tutti gli anni passati con la mia Mini. Qualcuno mi chiama, è un pompiere.

«Mi scusi, è il proprietario lei?»

«Purtroppo sì.»

Dopo aver scambiato due parole con il pompiere, mostro i miei documenti personali ai carabinieri per compilare la scheda d'intervento e non mi rimane altro che rientrare sconsolato a casa, trovo Teresa in vestaglia in cucina.

«Amore, sei sveglia?»

«Certo, caro, dalla tua smorfia penso di aver capito di chi fosse la macchina che è bruciata.»

«Non riesco a capire cosa possa essere successo.»

Capisco di aver addosso un forte odore di fumo, metto a lavare i vestiti e mi incammino sconsolato verso la doccia.

Mi addormento come un piombo e mi sveglio di sobbalzo alle 7.00, apro gli occhi e scrutando il soffitto rimango pensieroso per qualche istante: Ma ho sognato o stanotte è bruciata la mia Mini? Pochi istanti per mettere a fuoco la situazione e iniziare male la mattina.

7.

Mi appresto a fare colazione, mi avvicino alla finestra con la speranza ancora viva nel mio inconscio che si trattasse di un brutto sogno. Ahimè, una grossa macchia nera sull'asfalto mi fa crollare ogni speranza.

Esco di casa e vado dove era parcheggiata la mia Mini. Il carro attrezzi ha portato via quello che ne era rimasto. Sconsolato e a piedi mi avvio verso il commissariato, entro e mi dirigo verso il mio ufficio.

«Commissario buongiorno, la cercava il maresciallo dei carabinieri.»

«Grazie Marco, cerco alcuni documenti e poi vado da loro, dove sono le chiavi della macchina?»

«La Giulia?»

«Sì, ne approfitto, la mia Mini è fuori uso.»

«Su dai, è vecchietta, ma un buon meccanico la rimetterà in strada.»

«Caro Marco, non c'è meccanico né carrozziere che tenga, stanotte è bruciata.»

«Bruciata?»

«Eh sì, è dura da accettare.»

Prendo i documenti e le chiavi e mi avvio verso la caserma dei carabinieri. Incontro al portone il maresciallo presente stanotte, mi accompagna nel suo ufficio e mi relaziona sullo stato dei fatti.

«Commissario Romano, abbiamo dei forti sospetti che la sua macchina sia stata vittima di un incendio doloso.»

«Doloso!»

«Una volta spenta abbiamo trovato all'interno dell'abitacolo, su quello che è rimasto del sedile di guida, un grosso sasso.»

«Un sasso?»

«Sì, di una quindicina di chili di peso. Qualcuno le ha sfondato il parabrezza e poi ha dato fuoco all'auto con della benzina. Alcune tracce di benzina sono state trovate in una bottiglia di plastica all'interno del cassonetto a poche decine di metri dalla sua macchina.»

«Ma perché la mia macchina?»

«Commissario, ha avuto delle pressioni ultimamente?»

Sconcertato, saluto i colleghi e mi avvio verso la macchina, il mio cervello incomincia a pensare ai posti in cui sono stato ultimamente con la mia Mini. Ramello,

Aurano, Cambiasca.

Devo andare da Angela e chiarire il punto in base alle sue affermazioni. Incomincio a pensare che questa sia un'intimidazione bella e buona.

Rientro in commissariato e chiamo Angela per avere un appuntamento. Suona ininterrottamente il telefono, ma nessuna risposta. Non è in casa? Non perdo tempo, prendo la via per il monte Rosso e mi appresto a salire tra i tornanti, non prima di passare da Beppe per avere da lui un ennesimo consiglio.

«Beppe buongiorno, tutto bene?»

«Commissario, entri pure. Ma che è successo? L'aspettavo al porto ieri notte.»

«Mi spiace, Beppe, non è stata voluta la mia assenza, devi sapere che ieri sera la mia macchina è andata in fiamme?»

Il Beppe si ferma di colpo nell'espletare il suo intreccio continuo di cannette e stupito dell'accaduto mi sussurra:

«Cosa?»

«Hai capito bene: bruciata, sembrerebbe un'intimidazione nei miei confronti.»

«Santo cielo, stiamo diventando tutti pazzi. Mi spiace, commissario.»

«Arrivo al dunque della mia visita: avrei bisogno di un'indicazione per comprare una moto di seconda mano che mi consenta di spostarmi in città, nel frattempo, mi organizzo per acquistare una nuova macchina.»

«Moto o una bella Vespa?»

«Perché no, anche una bella Vespa!»

«A Intra c'è un giovanotto appassionato, ne ha diverse, le sue non le vende di sicuro, però tramite lui una Vespa di seconda mano può saltare fuori di sicuro.»

«Beppe, sei straordinario, hai una soluzione a tutto.»

«Ah ah ah… parliamo di cose serie, commissario, prenda questo bicchiere, ho una novità nella mia cantina.»

Ci risiamo, ogni occasione è buona per bersi il solito bicchierino rinforzato. Il Beppe non cambia mai.

«Tenga, commissario, questo è il numero di Paolo, la persona giusta per lei, gli dica pure che la mando io.»

«Grazie mille, Beppe, ci vado nel pomeriggio.»

Lascio il laboratorio con un leggero mal di testa, questa ultima primizia ha lasciato il segno, alcolica come non mai e dolce all'inverosimile.

Mi avvio con la Giulia in direzione monte Rosso, percorro con calma la strada, un po' per assimilare l'alcool bevuto e un po' per pensare a come impostare il discorso con Angela. Eccomi qui alla sbarra, come sempre la trovo aperta, salgo senza pensarci su e mi dirigo fino a raggiungere il piazzale nei pressi della casa. Non c'è parcheggiata nessuna macchina tranne che la sua, percorro il sentiero che conduce alla casa e nel giro di un paio di minuti giungo di fronte alla porta. È aperta, busso ugualmente, non risponde nessuno.

«Permesso!»

«Avanti, Francesco, entra pure.»

Come ha fatto a sapere del mio arrivo? Entro nel salotto adiacente, mi fermo e attendo, dopo qualche minuto, innervosito e spazientito.

«Angela!»

«Arrivo, dammi un minuto.»

Aspetto in piedi.

«Eccomi qui.»

La vedo entrare nel salotto con un grande sorriso, lo interpreto come falso, quasi per mostrarmi lo stupore di vedermi. Invece della sensitiva avrebbe potuto fare l'attrice vista questa sceneggiata di basso livello.

«Cosa ti porta qui da me?»

«Buongiorno Angela, ma come hai fatto a sapere della mia visita?»

«Commissario, sono o non sono una strega? E ogni strega che si rispetti ha la sua sfera magica. Scherzi a parte, hai per caso paura che ti spii? Scusami, Francesco, ero tranquilla in camera mia al piano superiore, distesa sul letto a rilassarmi, ho sentito il rumore di una macchina fermarsi nel mio piazzale, istintivamente ho guardato di chi si trattasse. Tutto qua!»

«Scusami, Angela, è che in questo periodo mi gira tutto storto, a te invece come va? Tutto bene?»

«Sì, caro, lavoro, lavoro e ancora lavoro. Dovrei incominciare a pensare di fare qualche giorno di ferie, magari in Liguria, mare, montagna e tanti fiori.»

«Angela, sono tornato per chiederti spiegazioni in merito al consiglio di non indagare sulla centrale.» Sparisce il sorriso dal viso di Angela, capisce dove voglio arrivare.

«Commissario, cosa vuoi che ti dica, lo sanno tutti che il mondo delle centrali elettriche è conteso e i grandi imprenditori farebbero di tutto per dominarlo.»

Non me la racconta giusta, si sta arrampicando sugli specchi.

«Ma tu hai per caso qualche notizia in merito a quello che è avvenuto alla centrale bruciata?»

A questo punto Angela abbassa gli occhi, è in difficoltà

per alcuni secondi, poi alza nuovamente lo sguardo, la vedo provata, gli occhi gonfi. Accennando un sorriso sussurra:

«Commissario, sono una sensitiva, non una sua informatrice.»

L'ho colpita al cuore, con questa sua risposta sulla difensiva dimostra che è in difficoltà. Non interrompo il mio attacco ai fianchi e replico immediatamente:

«Per tua informazione, questa notte mi hanno bruciato la macchina e non so chi ringraziare. Sto incominciando a pensare che a qualcuno piaccia infinitamente il fuoco, deve solo stare attento perché a furia di giocarci, prima o poi si scotterà, e io sarò lì ad attendere quel momento. Cara Angela, ogni cosa a suo tempo.»

Angela rimane di sasso, ha incassato il colpo, dà uno sguardo all'orologio e con voce ferma, senza guardarmi negli occhi cerca di giustificarsi dicendo:

«Commissario, mi spiace, però non dire che non ti avevo avvertito di starne fuori.»

«Mi spiace? Starne fuori? Angela questo è il mio lavoro altro che starne fuori. Sei tu che non capisco da che parte stai.»

Niente da fare, Angela non si sbilancia, si volta verso

il corridoio e mentre esce dalla stanza con la solita voce da isterica mi liquida senza tante chiacchiere:

«Tra dieci minuti ho un cliente, ti devo lasciare, devo prepararmi.»

Sono inviperito e non gliele mando a dire:

«Sì, continua a scappare dalle responsabilità, ricordati che se dovesse succedere qualcos'altro ti verrò a cercare, ti riterrò responsabile come loro.»

Esco dalla casa senza salutarla, mi avvio verso la macchina, sono confuso, non riesco a capire se Angela sia coinvolta in questa brutta storia. Salgo in macchina e mi avvio verso la sbarra che delimita la proprietà privata con la strada comunale.

D'intuito mi dirigo verso il tornante e procedo in salita, parcheggio e mi apposto per vedere se Angela mi sta dicendo la verità.

Ecco qui, sono passati venti minuti ed effettivamente una macchina si appresta a oltrepassare la sbarra che conduce a casa sua.

Dopo aver letto la targa, rientro in città.

Quando arrivo in commissariato è mezzogiorno, lascio a Marco il numero di targa da controllare e mi avvio a piedi verso casa.

Alle 14.30 rientro in ufficio, non trovo nessuno dei ragazzi, saranno impegnati fuori.

Cerco di fare il punto della situazione sulle indagini, mi rendo conto che siamo in uno stallo totale, servirebbe una svolta.

I pedinamenti a Milano non hanno dato ancora risultati positivi, anche se sono convinto che siamo sulla strada giusta.

Il Patrelli, dato il ciondolo che ha al collo, in un modo o nell'altro secondo me c'entra con l'incendio, anzi visti i precedenti penali e l'arroganza dimostrata in commissariato, non posso escludere che sia coinvolto in prima persona nell'omicidio. Infine Angelo, se l'azienda milanese risultasse coinvolta, lui di certo sarebbe il basista. Manca un tassello sulla scena, un tassello che colleghi il Patrelli al resto della "banda del buco".

Chiudo il fascicolo, sto entrando in paranoia, devo svagarmi un po'.

Decido di telefonare al numero fornito da Beppe e successivamente di andare a Intra sulle orme di Paolo per cercare una Vespa di seconda mano.

Ecco fatto, alle 15.00 l'appuntamento è sotto il campanile di San Vittore.

Parcheggio in piazza Mercato e sbirciando qua e là nelle vetrine dei negozi percorro corso Garibaldi fino ad arrivare al campanile dell'appuntamento. Il Paolo è lì appoggiato con le gambe incrociate sulla sella della sua meravigliosa Vespa.

«Paolo?»

«Commissario?»

«Sì, sono io, molto piacere, grazie per aver accettato immediatamente la mia richiesta di incontrarci.»

«Si figuri, se posso aiutare un amico di Beppe, molto volentieri.»

Gli racconto della mia situazione inattesa e gli chiedo di trovarmi una Vespa d'occasione. A questo punto incomincia a spiegarmi tutto quello che c'è da sapere sui vari modelli presenti sul mercato, accipicchia non si ferma più e con questa voce forte che si trova mi sta stordendo.

Dopo un quarto d'ora di spiegazioni tecniche arriviamo al dunque sul modello che combacia alle mie esigenze: Vespa 125 TS. TS sta per Turismo Special, ideale anche per brevi viaggi. Mi vedo già, su e giù per le rive del nostro lago.

Ci salutiamo e rimaniamo che prima possibile si farà vivo lui al commissariato.

Alle 15.30 rientro in commissariato contento per l'accordo trovato con Paolo. Subito mi preparo un caffè latte e mi lascio andare quasi esausto sulla mia poltrona. Suona il telefono, rispondo:

«Buongiorno, commissariato di Verbania, mi dica.»

Silenzio tombale.

«Pronto?»

Al telefono un sottofondo confuso, distorto, un respiro profondo con una voce in affanno sussurra:

«Commissario, mi spiace, mi spiace per la tua macchina. Non ho avuto nessuna percezione… un bacio.»

«Pronto, Angela?!»

Ha chiuso il telefono, era Angela, l'ho sentita provata, quasi come quando mi aveva messo in contatto con mia mamma dall'aldilà.

Ma questi momenti così confusionari che Angela ha saranno veramente dovuti agli stati di trans o saranno causati da altro?

Suona nuovamente il telefono.

«Pronto, commissario di Verbania, mi dica.»

«Commissario, sono Fausto, mi trovo alla Stazione Centrale a Milano, sto pedinando Angelo, via libera per voi.»

«Santo cielo, grazie Fausto, devo prima trovare i ragazzi. Chiamaci prima di rientrare.»

Come non detto, mi ritrovo catapultato nel bel mezzo dell'indagine. E ora dove trovo i ragazzi? Mi tocca attendere, prima o poi qualcuno arriverà.

Suona nuovamente il telefono.

«Commissario, sono Stefano, ho avuto delle notizie in merito a delle forti pressioni nei confronti di un cittadino di Scareno, piccolo centro montano della valle per la vendita di una piccola costruzione oramai dismessa in riva a un rio.»

«Cosa intendi per pressioni?»

«Se devo dirla come mi è stata "venduta" la notizia, al povero Renatino, pastore del paese, gli è stata vivamente consigliata la vendita del rudere per non andare incontro a denunce in merito a degli abusi edilizi commessi da lui in paese.»

«Praticamente un ricatto.»

«Sì, in poche parole sì.»

«Ma chi ha fatto questo ricatto? A chi può interessare un rudere vicino a un rio?»

«Questo rio è a monte della centrale bruciata e secondo me può essere riconducibile a essa. Ti spiego: salendo per la provinciale della Valle Intrasca, passata la casa del Palin, si arriva a un bivio che porta da una parte a Intragna e dall'altra ad Aurano e Scareno. Se si prosegue per Aurano, subito dopo, per i più esperti non può passare inosservata la presenza di un sentiero che scende fino al rio sottostante alla strada.

È una zona molto impervia, oramai nessuno più la frequenta e pochi sanno che in fondo al sentiero si giunge a una costruzione, oramai degradata, una volta era un mulino di proprietà di una famiglia di Aurano.»

«Un mulino?»

«Sì, poi fu trasformato in una centralina idroelettrica grazie a uno stratagemma.»

«Stratagemma?»

«Certo, vuoi mettere il profitto che può dare un mulino contro il profitto di una centralina?»

«Sì, ho capito, ma che stratagemma?»

«Per convertire un mulino in una centralina idroelettrica bisogna creare a monte un accumulo di acqua per dare una certa continuità d'incanalamento, al fine di aumentare la velocità che permette alla centralina di produrre elettricità. Così a monte è stata costruita una piccola diga, esattamente a Pian di Sole. Con la canalizzazione il rio, o meglio come lo chiamano in paese il Riàa da Rieen, dalla diga scende a valle fino alla centrale in modo regolare e quando raggiunge l'intersezione con la valle di Aurano cambia nome, diventando Riàa d'Ockh.»

«Stefano, sei una fonte inesauribile di informazioni, una domanda: ma da dove lo riconduci un probabile coinvolgimento con la centrale bruciata?»

«Tutto quello che sta a monte della centrale bruciata è fondamentale e lo sarà per chi vuole produrre energia elettrica, perché il torrente è lo stesso e qualsiasi sbarramento o prelevamento di acqua in modo più o meno abusivo con un volume più o meno consistente comporta una minor quantità d'acqua che verrà poi canalizzata per far girare la centrale a valle.»

«Posso chiederti ancora una cosa?»

«Certo.»

«Un po' per curiosità, un po' per metterci il naso, mi porteresti in loco?»

«Volentieri, commissario, a una condizione.»

«Quale?»

Devi indossare un paio di scarponcini da montagna, non le solite scarpette di città, ah ah ah…»

«Tranquillo, Stefano, ho imparato la lezione a Cicogna, se per te va bene, domani mattina alle 10.00 ci troviamo in commissariato.»

Chiudo la telefonata e provo a fare una riflessione. Visto che le due centrali, piccole o grandi che siano, sono posizionate sullo stesso torrente, questi criminali in un caso hanno ricattato una famiglia per avere la vecchia struttura del mulino a loro disposizione e nel secondo, non riuscendo a convincere il povero Rolando, non hanno esitato a uccidere e bruciare la centrale. Se non ricordo male a valle del torrente è in funzione una terza centrale, sicuramente anche questa terza è a rischio estorsione, bisogna verificare e monitorare, anche perché potremmo individuare chi c'è dietro a questa faccenda. Oramai è chiaro che qualcuno del luogo è coinvolto.

Sento movimenti al portone d'ingresso del commissariato, esco in corridoio e intravedo Filippo, Renato e Marco.

«Ragazzi, venite subito qui!»

«Eccoci, capo!»

«Fausto ha chiamato da Milano un'ora fa, via libera per Cambiasca, bisogna andare immediatamente alla casa di Angelo. Marco, ricordati della cimice da posizionare.»

Cinque minuti e siamo pronti, usciamo dal commissariato e ci avviamo verso Cambiasca. Arriviamo in prossimità della chiesa del Carmelo, situata proprio alle porte del paese, parcheggiamo e ci avviamo verso il civico 30. Trattasi di una villetta con un piccolo giardino, ci fermiamo di fronte per valutare come fare a entrare senza lasciare tracce.

«Commissario, guardi: la porta del balcone al primo piano è aperta.»

«Sì, Filippo, il problema è arrivare sul balcone.»

«Ci penso io, il pluviale mi aiuterà.»

Un'occhiata veloce intorno a noi per assicurarci che nessuno del vicinato stia curiosando e un'altra occhiata più attenta per valutare l'ipotetica presenza di un cane in giardino. Tutto sembra tranquillo, così do il via all'operazione. Filippo si improvvisa trampoliere e in un batter d'occhio si arrampica sul tubo pluviale e raggiunge il balcone. Si avvicina alla portafinestra e, come d'incanto, è aperta. Bingo! Tempo qualche secondo e Filippo si porta nella parte inferiore dell'appartamento. Alza una tapparella e ci invita a entrare dalla finestra del salotto. Renato rimane fuori con la radio a fare da palo, io e Marco entriamo.

«Bravo, Filippo, ora attenzione, cerchiamo di non spostare nulla, servono indizi riconducibile ai viaggi che Angelo fa a Milano o comunque prove legate alla centrale bruciata.»

Fuori sembra tutto tranquillo, noi con calma apriamo cassetti e comò alla ricerca di prove. Guardo l'orologio, sono venti minuti che cerchiamo qualcosa, ma nulla di che se non qualche numero di telefono di Milano. Posizioniamo una cimice sotto il mobiletto del telefono, lasciamo la casa come l'abbiamo trovata e rientriamo in commissariato.

***

Già che siamo tutti in commissariato, valuto i nuovi incarichi per i ragazzi, Marco dovrà concentrarsi sulle intercettazioni e Filippo dovrà raccogliere informazioni sulla terza centrale, che si trova a valle di quella bruciata, per valutare se qualcuno si sia già fatto avanti per l'acquisto. Se i miei calcoli sono giusti, visto che ci sono interessi sulle due centrali, sicuramente anche la terza sarà coinvolta nelle trattative.

Sono stanco, rientro a casa da Teresa.

***

Entro nel vicolo di casa, salgo per le scale ed entro in casa.

«Amore, eccomi.»

Strano, non risponde, attraverso il corridoio ed entro in cucina, la luce è accesa ma lei non c'è, mi volto e mi avvio verso la sala, tiro un sospiro di sollievo. La vedo, è seduta sul divano, che strano, non mi ha risposto.

«Amore!»

Non mi risponde, spalanco gli occhi e aumento il passo con l'ansia alle stelle, arrivo a pochi metri da lei, per mia fortuna Teresa si volta verso di me. Qualcosa non va, sta piangendo. Le lacrime oramai hanno bagnato tutto il suo viso.

«Amore, cosa è successo?»

Mi guarda negli occhi senza rispondermi, accenna a un pianto trattenuto, la vedo scioccata, mi avvicino, mi chino verso di lei, le accarezzo la guancia bagnata dalle lacrime di un pianto intenso e le sussurro:

«Amore, cosa è successo?»

Niente da fare, non mi risponde, a questo punto abbassa lo sguardo e con un cenno della testa mi indica il tavolo della sala. Non capisco, mi alzo in piedi e mi avvio verso il tavolo, intravedo una busta semichiusa, ma che lettera è arrivata? Non abbiamo pagato qualche bolletta? Impossibile, la reazione di Teresa è troppo sproporzionata.

La busta ha uno strano rigonfiamento, nel breve tratto che mi separa dalla busta, i miei occhi come due radar scansionano più volte la busta, non c'è nessun foglio al suo interno, solo questo rigonfiamento su un lato.

Allungo la mano, come raggiungo la busta da lettera l'afferro e la trascino verso di me con l'intenzione di prenderla in mano. È stranamente pesante, bastano alcuni istanti del trascinamento per intuire dal rumore il suo contenuto.

Un brivido freddo mi percorre per tutta la schiena, socchiudo gli occhi e in un millesimo di secondo rivedo tutta la vita passata con Teresa, sempre attento a non coinvolgerla mai nel mio lavoro. Anche nei momenti peggiori ho sempre cercato di lasciarla tranquilla. Forse nel mio inconscio la scelta di rimanere qui sul lago è dovuta anche a questo motivo.

Apro la busta e l'intuito diventa una conferma: tre proiettili lucidi lucidi sono di fronte a me.

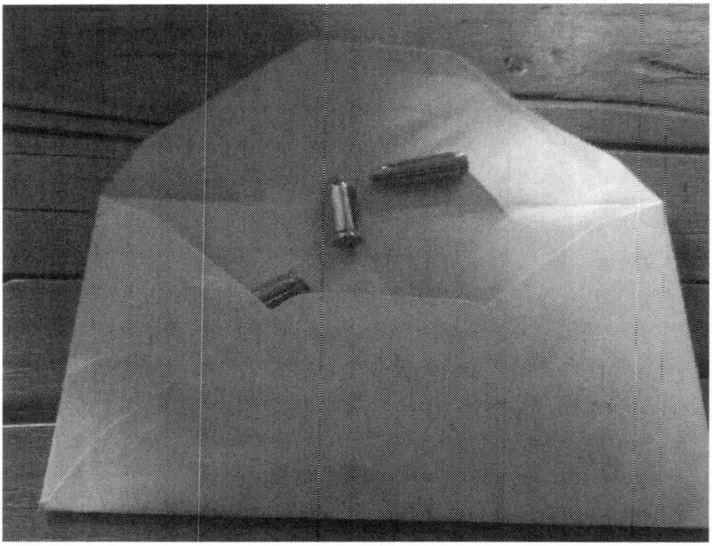

A questo punto, Teresa scoppia a piangere, appoggio i tre regalini sul tavolo e mi avvicino a lei, l'accarezzo e mi siedo al suo fianco e senza dir nulla la stringo tra le mie braccia e restiamo per una buona mezz'ora in silenzio.

Suona il telefono, è Marco, mi porta a conoscenza che Fausto sta rientrando a Verbania da Milano e ha novità. Convoco tutti i ragazzi, compreso Stefano, per le 8.30 di domani per fare il punto sulle indagini.

Chiamo da casa il questore e il magistrato per portarli a conoscenza del gesto intimidatorio nei miei confronti e chiedo un incontro tra le parti per valutare la situazione.

La notte la passo insonne, continuo a pensare a chi possa essere il basista che prima ha indicato la mia macchina e poi la casa per effettuare la duplice intimidazione. Per fortuna Teresa riposa tranquilla, forse più per la tensione accumulata che per la stanchezza.

Il sole è pronto a sorgere dalla sponda “magra” del lago. Io sono già seduto sul divano di fronte alla vetrata ad aspettarlo e a godere dei suoi colori. Sorseggio il mio solito caffè allungato con del buon latte, lo sguardo è fisso sullo specchio d’acqua che cambia di colore a mano a mano che l’astro si alza verso il cielo, il pensiero è rivolto alla giornata che è appena nata, all’ordine del giorno, dubbi da sciogliere e decisioni da prendere.

8.

Alle 8.00 sono in commissariato, uno alla volta arrivano i ragazzi e alle 8.30 si aggiunge anche Stefano. Siamo tutti nel mio ufficio, la riunione può iniziare.

«Ragazzi, come vi ho anticipato ieri ho subito la seconda intimidazione, quello che mi fa rabbia è che a ritirare la posta ogni giorno è la mia amata e non io, vi lascio solo immaginare lo stato d'animo di Teresa al momento dell'apertura della busta.»

Un silenzio tombale si espande nell'ufficio, interrotto solo dal campanello dell'entrata del commissariato.

«Filippo, vai a vedere chi è alla porta, se si tratta di una denuncia o qualcos'altro, chiedi di tornare tra un'oretta, ora vi voglio tutti qui.»

Filippo come una molla si alza dalla sedia e si avvia a passo sostenuto verso l'entrata del commissariato. Nel frattempo, nell'ufficio torna un clima più sereno e si incomincia a discutere nell'attesa del rientro in ufficio di Filippo. Il mio udito rimane concentrato su quello che sta accadendo all'entrata del commissariato. Capisco che non è un cittadino, sento la voce di Filippo discutere all'entrata e il rumore dei passi di diverse persone che si avvicinano al mio ufficio. Arretro con la mia sedia, mi alzo e mi avvicino alla porta, non faccio in tempo ad arrivare che la maniglia si abbassa e la porta si spalanca.

«Buongiorno commissario, buongiorno ragazzi!»

Rimango sorpreso, di fronte a me ci sono il questore e il magistrato.

«Questore, che sorpresa!»

«Come va, Romano?»

«Bene, siamo in riunione per valutare le indagini.»

«Bene, commissario, saremo dei vostri, quello che è accaduto non mi è andato giù, due intimidazioni alla sua persona sono preoccupanti e ad aggravare ulteriormente la situazione è che sono avvenute direttamente a casa sua, questo gesto è fatto per colpire e indebolire la persona. Questo vuol dire che qualcuno del posto sta facendo da basista. Non è accettabile, ho parlato con il magistrato qui presente, il dottor D'Onofrio, e insieme abbiamo deciso di darvi un ulteriore rinforzo di due persone, una sarà impiegata come guardia del corpo di sua moglie nel periodo in cui lei sarà impegnato sul lavoro e la seconda si affiancherà a voi per le indagini.»

Rispondo: «Signor questore, non serve la guardia del corpo a mia moglie».

A questo punto il questore mi interrompe con voce ferma:

«Così ho deciso.»

Rompe il ghiaccio della situazione Marco:

«Ecco qui le sedie che mancano, prego.»

Tutti seduti, Marco da buon vice fa il punto della situazione, purtroppo fino a ora molti indagati ma poche certezze, non porto al corrente il questore e soprattutto il magistrato della cimice introdotta senza autorizzazione in casa di un sospettato, preferisco tenerla come ultima carta. Finito di presentare lo stato di fatto delle indagini, invito Fausto a relazionare la giornata di ieri trascorsa a pedinare Angelo a Milano. Qualcosa a questo riguardo è cambiato, nell'ultimo pedinamento è emerso che Angelo ha fatto visita a due uffici, uno all'interno della sede di un'azienda edile e la seconda riconducibile a un'azienda di consulenza ingegneristica specializzata in costruzioni di centrali idroelettriche: Milano Energia.

«Bene, uno spiraglio di luce si incomincia a vedere in fondo al tunnel.»

Oramai dopo questo aggiornamento non posso più tener nascosto il nostro intervento nella casa di Angelo, anche perché è scontato che sia il passo successivo. Il questore mi precede nel parlare.

«Il prima possibile bisogna posizionare una cimice a casa di questo Angelo.»

Rispondo: «Già fatto, signor questore».

«Ah!»

Silenzio tombale, guardo negli occhi i miei ragazzi, li vedo intimoriti, sicuri di una reazione del questore, io invece sono certo di quello che ho fatto, come spesso capita agisco di istinto. Il mio sguardo torna sul questore. Lui è lì di fronte a me con gli occhi fissi, mi guarda in silenzio per qualche secondo, poi con voce spiccata e decisa si rivolge a me dicendo:

«Di sua iniziativa, commissario? E perché non sono stato interpellato?»

«Signor questore, è stata una mia iniziativa senza autorizzazione e me ne assumo la responsabilità.»

Il questore mi guarda prima con uno sguardo serio, subito dopo si lascia andare in un mezzo sorriso e mi risponde dicendo:

«Ben fatto, Romano, l'avrei fatto anch'io.»

Torna il sereno in ufficio, ci congediamo non prima di una bevuta tutti insieme, quattro chiacchiere e la certezza che domani stesso arriveranno gli ulteriori rinforzi da Novara.

«Commissario, mi raccomando, non lasci sola sua moglie fin quando non arrivano a Verbania i nostri uomini. Sa una cosa?»

«Dica.»

«Fino a qualche anno fa Verbania era un'oasi felice. Da quando è arrivato lei, non so, sembra che si sia svegliata.»

«Ah ah ah, signor questore, questa è veramente bella, tanto io lo so dove vuole arrivare, ma io a Novara non ci vengo.»

«E vabbè, io ogni tanto ci provo… Stia bene, commissario.»

«Anche lei, questore.»

Accompagno gli ospiti all'uscita e rientro in ufficio dove sono ancora presenti i miei ragazzi.

«Ragazzi, allora tutti al lavoro. Marco, concentrati sulla microspia, io e Stefano faremo un sopralluogo al vecchio mulino. Fausto, continua a pedinare Angelo, Filippo e Renato, mi raccomando, voglio una relazione sulla terza centrale. La riunione è chiusa. Ora a lavorare!»

Rientro a casa pensando alle parole dette dal questore. Forse lui esagera o magari sono io che prendo la questione sottogamba. Teresa è tranquilla, rimango tutto il resto della giornata con lei fino a veder le stelle.

***

Suona la sveglia, mi alzo e come da routine mi avvio verso il commissariato senza alternativa di scelta: a piedi. Sono le 8.00, l'ufficio è già in fermento, Marco mi viene incontro con una buona notizia.

«Commissario, è stato qui un ragazzo, chiedeva di lei.»

«Di me?»

«Aspetti, mi ha detto pure come si chiamava, in questo momento mi sfugge il nome.»

«Com'era d'aspetto?»

«Allora, 1,70 di altezza, nero di capelli e aveva un vocione e continuava a parlare.»

«Ok, ho capito, era Paolo.»

«Sì, giusto, Paolo.»

«E che cosa ha detto?»

«Che sarebbe tornato tra un quarto d'ora.»

«Bene!»

Giusto giusto dieci minuti, suonano alla porta, dal chiasso che sento è sicuramente Paolo. Esco dal mio ufficio e mi dirigo verso l'ingresso, non ho sbagliato, è lui.

«Commissario buongiorno, come sta?»

«Paolo, che bello vederti, ci sono buone notizie per me?»

«Certo che sì, il Paolino porta sempre belle notizie.»

Lo vedo contento e carico.

«Dimmi tutto.»

«Le ho trovato la Vespetta, due anni di vita, un gioiellino, posso garantirglielo.»

«Non so come ringraziarti, senza un mezzo privato a disposizione è tutto più difficile.»

Usciamo dal commissariato per andare a bere un caffè, proprio quando incominciamo a percorrere via Ruga, Paolo mi ferma.

«Aspetti, devo prendere una borsa che ho lasciato sulla Vespa.»

Torniamo indietro fino ad arrivare sul lungo lago, attraversiamo la strada e ci avviciniamo alla sua Vespa, alza la sella dello scooter e prende un portachiavi con due chiavi attaccate e me lo porge.

«Ecco qui le chiavi, commissario.»

Io rimango di stucco.

«Ma, Paolo, sono della Vespa?»

«Certo che sì, sono le chiavi di scorta della sua Vespa.»

«Paolo, va bene che sto invecchiando, ma cosa vuol dire consegnarmi le chiavi di scorta della Vespa?»

«Non si preoccupi, commissario, è solo per creare un po' di suspense.»

Mi sembra di sentire il classico rumore della Vespa in lontananza, in effetti non mi sbagliavo. Una ragazza sorridente sullo scooter si avvicina, rallenta e si ferma proprio di fronte a me, scende dalla Vespa, la spegne e la mette sul cavalletto. Estrae le chiavi e mi dice:

«Buongiorno commissario, ecco qui le chiavi della sua Vespa.»

Rimango di stucco, e questa da quale cilindro salta fuori?

«Commissario, chiuda la bocca che gli entrano le mosche e non guardi troppo la mia fidanzata, ah ah ah. A proposito, le presento Ciuf, la mia fidanzata.»

«Piacere, Francesco! Ma figurati, Paolo, mi hai spiazzato con questa sorpresa. Ma siamo sicuri che sia la mia?»

«Certo che sì, il Paolino ci ha messo un giorno a

trovargliela. Bella, con pochi chilometri e senza un graffio, commissario, un affare!»

Non ci credo ancora, mi avvicino e provo a inserire la chiave, è la sua, la giro e la metto in moto. Al primo colpo parte.

«Commissario, senta che motore, salga che ci facciamo un giro.»

«Santo cielo, sono le 8.45, ho solo quindici minuti di tempo. Andiamo, Paolo!»

Breve giretto sul lungolago, che bello sentire l'aria tra i capelli, non immagino Teresa come sarà contenta. Ringrazio Paolo, lo saldo con la cifra concordata e rientro giusto giusto alle 9.00. Ecco qui Stefano, è già nel mio ufficio ad aspettarmi.

«Buongiorno commissario, tutto bene? E come va con la Vespetta nuova?»

«Certo che "Radiocaserma" non ha perso tempo per dare la notizia?»

«Ah ah ah, no, l'ho vista mentre provava tutto entusiasta il mezzo.»

Chiusa questa parentesi, torniamo sul pezzo, pianifichiamo la mattinata e partiamo per la Valle Intrasca, non prima di subire una ispezione di Stefano sul mio abbigliamento, per valutare che sia consono al sopralluogo. La giornata è piacevole, il profumo della primavera è sempre più intenso, aprile è alle porte, la valle è molto simile a quella che porta a Cicogna. Fitta di vegetazione, intorno a me trecentosessanta gradi di boschi, sulla nostra destra il fiume scorre orgoglioso e rumoroso tra i sassi, a dividerci da lui, un bel salto di una cinquantina di metri di bosco scosceso, impraticabile per quasi la totalità del percorso. Arriviamo alla biforcazione, da una parte si va a Intragna, dall'altra ad Aurano e Scareno. Proseguiamo mantenendo la destra e come già riportato da Stefano percorriamo un centinaio di metri e parcheggiamo alla prima rientranza della strada che ce lo permette.

Eccoci, proseguiamo per una cinquantina di metri in discesa, Stefano intravede il sentiero una volta molto frequentato, oggi quasi inesistente.

«Commissario, ci siamo, ora scavalchiamo le barriere e scendiamo, teniamoci a distanza di tre o quattro metri, cosicché se uno dovesse scivolare non coinvolgerà l'altro nella caduta.»

«Certo che sono confortanti le tue parole… Santo cielo, ma è ripido questo sentiero…»

«Su, commissario, hai percorso di peggio in Val Grande, ah ah ah.»

Il primo a scavalcare è Stefano, io lo seguo in silenzio, concentrato. Eccoci, c'è un bivio, un attimo di indecisione poi Stefano non ha dubbi, prendiamo il sentiero a destra e continuiamo a scendere aggrappandoci agli alberi per stare in piedi e non scivolare. Stefano si ferma, lo vedo indeciso, anzi no, sospettoso.

«Cosa c'è che non va?»

«È troppo ripido questo sentiero, non è possibile che porti al mulino, torniamo indietro.»

È solo un minuto che abbiamo intrapreso la discesa, mi viene comunque male a pensare di dover tornare indietro. Eccoci qui nuovamente al bivio, imbocchiamo il sentiero di sinistra, in effetti qui è più dolce, chiedo a Stefano di fermarci un minuto per tirare il fiato. Stefano accetta e si china per sbirciare tra le piante per vedere la nostra meta.

«Vede, commissario, quella è la valle di Pian di Sole, invece quell'altra è la valle che parte da Manegra e passa sotto Aurano. Nel punto in cui le due valli si incontrano c'è la l'Usina.»

«E che cos'è la l'Usina?»

Lo vedo sorridere sotto i baffi, subito dopo si gira verso di me e mi sussurra:

«È il nome della località dove c'è il vecchio mulino tramutato poi in centrale.»

Il fiato è rientrato nella normalità, riprendiamo la discesa, il rumore del rio pian piano che scendiamo dal sentiero diventa sempre più importante.

«Giù, giù!»

«Che succede?» gli sussurro.

«Non siamo soli, ho visto degli spostamenti in riva al rio.»

«Sarà qualche pescatore.»

«Questo non lo so, ma di sicuro c'è qualcuno qui sotto.»

Io non vedo altro che alberi e sassi.

«Ma come hai fatto a vedere questi movimenti?»

«Francesco, guarda a sinistra di quella roccia, scendi giù una decina di metri, poi vai a sinistra. Ecco, lo vedi?»

«Accipicchia, ma che vista hai, Stefano? Io non me ne ero accorto. Non è vestito da pescatore, ma che sta facendo?»

«Non so, scendiamo senza far rumore.»

Piegati, quasi in ginocchio, scendiamo per cinquanta metri, a questo punto Stefano decide di lasciare il sentiero e di proseguire attraverso il bosco. Oramai siamo nei pressi della struttura, anzi del rudere, e se continuiamo la discesa arriviamo direttamente dietro all'ex mulino. Siamo all'altezza del rio, la struttura è a circa trenta metri da noi, rimaniamo accosciati per non farci vedere, attendiamo pazienti e curiosi per vedere la situazione come evolve. Da qui abbiamo la visuale completa della struttura, ci accorgiamo che sono tre le persone, sembra quasi che stiano valutando proprio la staticità, le condizioni della struttura e la portata dell'acqua.

«E ora che facciamo, Stefano?»

«Attendiamo e valutiamo una volta finiti i rilievi che direzione prendono.»

«Direzione?»

«Certo, vede dall'altra parte del rio? C'è un sentiero che porta a Esio, paesino che rimane dietro a quel monte, ai piedi del monte Cimolo. Sentiero in voga nel periodo dei contrabbandieri di sigarette.»

Siamo fermi, impossibilitati a muoverci, sarebbe troppo rischioso. I tre personaggi, con tanto di valigetta e alcune strumentazioni, continuano indisturbati a misurare l'ampiezza dei locali e la criticità del tetto. Oramai è passata una mezzoretta dal nostro arrivo, sembrerebbe che siano in procinto di lasciare la struttura, intraprendere il sentiero e allontanarsi. Lasciamo passare una decina di minuti e poi con cautela ci avviciniamo alla centrale. È diroccata, sicuramente risale al XIX secolo, robusta e ben concepita. Chissà quante persone hanno vissuto e lavorato in questo angusto anfratto dimenticato da Dio e raggiungibile solo a piedi. Qui il Sole ha vita corta, l'umidità è notevole e l'inverno è interminabile. Notiamo delle righe e dei numeri molto chiari sui muri, sicuramente riconducibili agli ospiti che hanno appena lasciato la struttura, a spanne, penso che siano linee tecniche, da geometra.

«Vedi, commissario, qui sicuramente era il punto dove il mulino immergeva le sue pale nel rio e in un secondo tempo è stata posizionata la centrale. Si vede proprio l'invito del letto del fiume modellato dall'uomo.»

In questo punto il torrente ha una pendenza tale da far accelerare il passaggio dell'acqua che arriva dalla parte alta della vallata, condizione essenziali per far ruotare le pale di un mulino o di una centrale. Chissà quante storie o aneddoti sono successi nel corso degli anni qui.

Risaliamo il sentiero lentamente, per non rischiare di incontrare nessuno. Arrivati alla macchina ci affacciamo dal parapetto della strada per godere del panorama di fronte a noi. Stefano mi mostra il sentiero che sale dall'altra parte della vallata e porta a Esio, un altro paesino montano. Saliamo in macchina e percorriamo la provinciale verso il paese, nel mentre il buon Stefano mi ragguaglia con notizie sul paesino che stiamo per raggiungere.

«Aurano, come molti paesi di montagna, si sta spopolando, pensa che agli albori abitavano più di mille persone tra il paese, la frazione di Scareno e gli innumerevoli alpeggi, praticamente quasi tutti impegnati nella pastorizia. Nell'arco degli anni si è visto uno spopolamento costante di cittadini attratti dalle comodità e dal lavoro che si andava a sviluppare a valle, lungo la sponda lacustre. Oggi non ci abiteranno più di duecento abitanti.»

Eccoci arrivati ad Aurano, lasciamo la macchina a bordo strada e proseguiamo a piedi in direzione della casa dei proprietari dell'ex mulino. Stefano dice di conoscerli, persone tranquille e umili, pensionati senza figli.

Bussiamo, pochi istanti e ci apre una donna piccola e curva, le si legge in faccia la sua vita semplice e piena di sacrifici, tra il paese e gli alpeggi, capre e mucche da accudire tutti i giorni, senza Natale né Pasqua. Stefano le sorride come se fosse quel figlio che non ha mai avuto.

«Pierina, buongiorno, sono Stefano, il forestale.»

Nell'immediato, noto la faccia confusa della Pierina, gli occhi seminascosti da profonde rughe, oltre a essere socchiusi per mettere a fuoco l'immagine dell'omone che si è presentato di fronte a lei. Solo dopo aver percepito la voce le si vede spuntare un primo sorriso per poi trasformarsi in un sorriso a quattro denti appena la sua vista provata mette a fuoco la figura.

«Buongiorno Stefano, che sbadata, non l'avevo riconosciuta, la vista e l'udito non sono più quelli di una volta. Entrate, entrate pure. Carlo! Vieni subito, c'è Stefano, il *fiò* del Felice.»

Dalla stanza da letto, il marito risponde un po' confuso:

«E chi *l'è* il Felice?»

«Non ci faccia caso, Stefano, da quando ha compiuto novant'anni non è più lo stesso, spesso e volentieri capisce Roma per toma, ma oramai me lo tengo così.»

«Ah ah ah, signora Pierina, siete una bella coppia,

dimenticavo, le presento il commissario Romano, Francesco Romano.»

«*Oh signur*, un commissario? Cosa *l'è sucèss*?»

«Nulla di che, volevamo porvi qualche domanda.»

Durante questo inizio di chiacchierata con la signora Pierina, ho potuto notare ancora la sua ottima lucidità, quella che oramai è un ricordo vago nel marito.

«Sedetevi pure in salotto, arrivo subito.»

La Pierina è un'esplosione di felicità, contenta di vedere una faccia famigliare, è il problema di non aver figli, poi quando si diventa vecchi se ne pagano le conseguenze. Rientra in salotto la Pierina con in mano un bottiglione di vino rosso e tre bicchieri.

«Allora, Stefano, tutto bene? Il papà?»

«Bene, Pierina, molto bene.»

«E la tua mamma?»

«Tutti bene, grazie.»

Dopo gli scambi tradizionali di cortesia, Stefano entra nel dettaglio della nostra visita:

«*Sciùra* Pierina, siamo qui per farvi alcune domande.»

«Dica pure, Stefano, sono tutta orecchi.»

«Pierina, mi dica se mi sbaglio, ma il mulino giù alla l'Usina è di vostra proprietà?»

Il sorriso della Pierina scompare improvvisamente, lo sguardo si fa spento, la voce del Carlo invece prende vigore:

«Farabutti schifosi, se mi capitano tra le mani giuro che li strozzo.»

Entrambi restiamo di stucco per questa reazione improvvisa di un uomo fino a quel punto spento e quasi assente. La Pierina esce dallo shock improvviso invitando il marito a non gridare. A questo punto intervengo io per cercare di capire questa reazione improvvisa e fuori dalle righe.

«Ma cosa è successo, signora? Vedo che suo marito è arrabbiato…»

«Commissario, quei milanesi ci hanno preso in giro come due *ciula*.»

«Cos'è successo?»

«Vede, commissario, un giorno si sono presentati questi due signori di Milano, ben vestiti e sorridenti, accompagnati da un ragazzo, non ricordo più il suo nome, ma era di Verbania. Volevano comprare il mulino, io ho fatto notare che oramai era abbandonato da anni, oltre a non aver più la macina di marmo, perché qualche anno fa è stata rubata. Ci hanno rassicurato che non intendevano farci un mulino ma una baita. Sa, per noi vecchi la pensione è quella che è, le forze oramai sono poche e abbiamo pensato di venderlo. Cinque milioni di lire, forse un po' pochi, ma li avevano già pronti, e vedere i soldi lì di fronte a noi, tutti in dieci mazzetti, ci siamo lasciati tirare dalla gola e abbiamo accettato.»

«Avete fatto bene, tanto non avendo figli vi godete i soldi» li conforta Stefano.

«Sì, poi in paese si è venuto a sapere che non faranno una baita, ma un mulino per fare la corrente, a questo punto ci siamo sentiti presi in giro.»

«Pierina, se non sono troppo maleducato, potrei vedere l'atto di vendita per conoscere il nome di quel signore?»

«Certo che sì, Stefano.»

Tempo un minuto e di fronte a noi porta l'atto. Direi tutto in regola, come pensavo non è una persona fisica ma è un'azienda ad aver acquistato il rudere con annesso il terreno. Il nome non mi è nuovo: Energia Milano. La società è la stessa nominata da Fausto, proprio quella alla quale Angelo fa visita spesso. Era ora, qualcosa incomincia a girare nel verso giusto. Rassicuriamo marito e moglie di aver fatto la scelta giusta, ci alziamo dalla sedia non prima di aver bevuto un bicchiere di vino nero come la pece e ci avviamo verso la macchina. È chiaro che se l'acquisto è stato fatto in maniera legale, non possiamo far altro che prendere atto della cosa, l'importante è che qualcosa incominci a quadrare.

Scendiamo a valle, guardo l'orologio, sono le 11.30, è tardi per andare alla concessionaria, andrò nel pomeriggio con Teresa. Entriamo in commissariato, stupiti troviamo una piacevole sorpresa, sono arrivati i due nuovi colleghi di rinforzo promessi dal questore.

«Commissario buongiorno, le presento Claudio e Mauro, i colleghi giunti da Novara.»

«Grazie Marco, buongiorno ragazzi, io sono Romano, Francesco Romano, lui e Stefano della guardia forestale e sta seguendo con noi un'indagine. È la prima volta che venite qui a Verbania?»

«Piacere commissario, mi chiamo Claudio, io sono di Ragusa, è la prima volta che vedo Verbania e il lago.»

Dall'accento non ci avrei scommesso.

«Nemmeno io, commissario, sono mai stato qui. Piacere, sono Mauro, di Genova.»

«Bene, il questore vi ha già dato alcune indicazioni?»

«A me ha annunciato che avrò il compito di fare da guardia del corpo di una signora, Mauro invece sarà inserito nel gruppo delle indagini.»

«Bene, il questore ha già deciso e noi eseguiamo gli ordini. Comunque, la signora è mia moglie, abbiamo ricevuto intimidazioni e così quando io sarò al lavoro, tu vigilerai nei pressi della casa.»

«Perfetto, commissario, sarà fatto.»

«Inizierai domani mattina, ti lasceremo una radio così sarai sempre in contatto con noi. Ora io vado a casa, Marco vi spiegherà un po' come funziona il commissariato, alla mattina si inizia alle 8.00. Claudio, domani vieni anche tu qui alle 8.00, poi andremo insieme a casa mia, così ti spiego quali sono i punti strategici dove potrai appostarti senza dare nell'occhio e infine ti presenterò mia moglie. Da dopodomani presterai servizio direttamente nei pressi della mia abitazione. Vi lascio, vado a casa, ci vediamo domani.»

Esco contento per la mattinata proficua: il nome dell'azienda combacia e con i due nuovi ragazzi sarò più tranquillo a lavoro sapendo di una presenza che vigilerà su Teresa.

9.

Questa passerà alla storia come la settimana delle spese folli: prima l'acquisto della Vespa, oggi ho l'appuntamento presso la concessionaria dell'Alfa Romeo per comprare una macchina nuova, questa volta mi sono fatto trascinare dal fascino italiano del biscione di Milano. Un modello in particolare sta facendo innamorare gli italiani: la Giulietta.

Sono le 15.00, io e Teresa usciamo di casa con l'Alfa di servizio accompagnati da Filippo in direzione della concessionaria. Arrivati di fronte alla concessionaria, mi sale a mille l'ansia, passare da una piccola Mini a una Giulietta mi spaventa, è vero però che sono abituato a guidare la Giulia e il passo non è poi così ampio. Mi avvicino alla vetrina, con la coda dell'occhio l'ho già individuata, rossa, elegante ma nello stesso tempo aggressiva, con i fascioni neri sulle portiere. Versione 2000, otto valvole, quattro cilindri, 131 cavalli, trazione posteriore. Una scheggia.

Entro nel salone e mi avvicino a lei, è bella, lucida. Apro la portiera e respiro il classico profumo di nuovo, mi viene incontro il rappresentante:

«Buongiorno, se non sbaglio lei è il commissario Romano?»

«Indovinato. Piacere, Francesco.»

«Sì, è proprio la sua macchina, è arrivata due giorni fa, giusto il tempo di immatricolarla e sarà pronta a varcare la porta d'uscita della concessionaria e a regalarvi anni di soddisfazioni e sicurezza.»

Oh santo cielo, è un poeta o un venditore di macchine questo? Sorrido.

Lo seguo in ufficio, firmiamo la documentazione del caso e rientriamo a casa. Il fatto di non avere un garage mi infastidisce un po'.

Cenetta intima con Teresa e buonanotte.

***

Ore 8.00 sono in ufficio, attendo l'arrivo di tutti i ragazzi per uno scambio di idee e poi ognuno si dedica al proprio compito.

Accompagno Claudio fuori da casa mia, lo presento a

Teresa e poi mi accingo a rientrare in ufficio.

Ecco qui, siamo arrivati ad aprile, le temperature sono ottime, il cielo azzurro anche se in lontananza, si vedono nuvole minacciose.

Questa mattina Filippo andrà all'avanscoperta per quanto riguarda la terza centrale idroelettrica, quella più a valle, in zona di Possaccio. Marco, chiuso nel suo ufficio a sentire le registrazioni della cimice, posizionata in casa di Angelo. Suona il telefono, è Beppe:

«Caro commissario, questa notte uscirò nuovamente con mio nipote sul lago per aiutarlo nella pesca, si andrà a caccia di alborelle. Se mi promette di non darmi buca per la seconda volta, la invito a venire in barca, così tra una cosa e l'altra avrà il tempo di scambiare due chiacchiere con mio nipote.»

Mi fermo un istante a pensare, non ho particolarmente voglia di andare a pesca, soprattutto alle 4.00 di mattina, però è anche vero che sono in debito con Beppe, non posso non accettare l'invito e poi le sue indicazioni hanno sempre dato buoni frutti.

«Va bene, Beppe, alle 4.00 mi farò trovare al porto, ma fino a che ora staremo sul lago? Perché domani mattina ho degli impegni inderogabili.»

«Non si preoccupi, commissario, domani mio nipote farà giornata corta, alle 8.00 sbarcheremo.»

«Bene, ci sarò.»

La giornata passa senza nessun problema, il mio umore è notevolmente migliorato da quando ci siamo affacciati alla primavera, le giornate si allungano a vista d'occhio e la temperatura oramai è gradevole, giusta per qualche scorrazzata in Vespa nelle ore più calde.

Rientro a casa, cena veloce e mi rilasso bevendo un buon amaro di fronte al Maggiore. Devo dire che sono un po' teso, agitato come lo si era da ragazzini a settembre la sera prima del rientro a scuola. Per cosa? Per un'uscita notturna in barca?

Caro commissario, stai invecchiando, piuttosto mi devo coprire, chissà che freddo ci sarà sul lago.

Questa sera il lago è crespo, la luna è calante, il Mottarone splende e le pecorelle sono sempre più numerose di fronte ai miei occhi.

Sono le 22.00 vado a dormire, la sveglia è puntata alle 3.30.

***

Odio quel rumore continuo che proviene da quella piccola macchina infernale che è la sveglia, la mia poi raffigura un gufo che sposta gli occhi a destra e a sinistra ogni secondo, scandito da un tipico ticchettio. Prendo coscienza in pochi istanti e la spengo immediatamente per non svegliare Teresa. Rimango un paio di minuti privo di forze, poi capisco che sto per riaddormentarmi e con uno slancio da atleta professionista mi alzo dal letto. Ma chi me lo ha fatto fare a dire di sì?

Infilo la testa sotto l'acqua gelida che fuoriesce dal rubinetto, unico modo per riattivare il cervello ancora indeciso se svegliarsi o no. Colazione veloce e via verso il porticciolo di Pallanza. Che silenzio, non c'è anima viva in giro, un rumore proveniente da un porticato lungo la strada smaschera un cane che cerca tra i sacchetti dell'immondizia del cibo. Le luci accese delle case nel breve tragitto tra casa mia e il commissariato sono veramente poche, le conto sulle dita di una mano, sarà qualche nottambulo rientrato tardi o un lavoratore che si appresta ad andare a lavorare.

Passo di fronte al commissariato, tutto spento, non c'è pericolo di trovare qualcuno in ufficio a quest'ora, ci mancherebbe.

Percorro gli ultimi cento metri prima di arrivare al porticciolo, qui invece c'è già movimento.

«Finalmente, commissario, è arrivato!»

«Caro Beppe, la parola data è sacra.»

«Venga che gli presento mio nipote, è intento a caricare le reti, vedrà che sarà una bella esperienza.»

«Ne sono certo.»

«Ecco qui, lui è Ivan. Ivan, ti presento il commissario Romano, Francesco Romano.»

«Piacere, tuo zio mi parla sempre bene di te.»

«Il piacere è tutto mio, signor commissario.»

«Non incominciamo, non voglio sentire né signor e neanche commissario, chiamami Francesco.»

«Sarà fatto!»

Incrocio lo sguardo del Beppe, compiaciuto per l'approccio con il nipote, intravedo un mezzo sorriso e con un filo di voce mi sussurra:

«Paraculo di un commissario, ma quando mai le ho parlato di mio nipote?»

Dopo avergli fatto l'occhiolino nella penombra del porticciolo gli rispondo per le rime:

«Lascia fare a me.»

Ivan, un bel ragazzotto, alto, spalle larghe, avrà una

trentina di anni, già brizzolato, mi sembra uno ingamba e tutto di un pezzo.

Osservo la barca da pesca, azzurra e di notevoli dimensioni, se non sbaglio è un “Burchiello”. Eccoci pronti a salpare.

«Comandante, posso salire a bordo?» dico io.

«Venga pure, Francesco, stia solo attento a dove mette i piedi.»

«Sarà fatto, comandante.»

Partiamo.

Devo dire che l’aria è ancora fredda, la barca la sento stabile, usciamo dal porto e ci dirigiamo verso nord dopo aver aggirato l’isola di San Giovanni.

«Molto bello questo isolotto privato. Ivan, che ne pensi?»

«Sì, Francesco, cosa da ricchi, noi comuni mortali possiamo solo circumnavigarlo.»

«Devo dire che comunque è brava gente, ho frequentato la loro spiaggia per qualche notte durante un’indagine l’anno scorso.»

Il dialogo tra di noi scorre tranquillo, malgrado lo scoppiettante rumore del motore di bordo.

«Certo che ci vorrebbero i tappi alle orecchie per

sopravvivere al rumore di questo motore.»

«Rumore? Questa è musica, Francesco, stiamo parlando di un signor motore italiano.»

«Ah sì? Italiano?»

«Un Nanni, un signor motore, io e San Pietro ci siamo innamorati subito del suo rumore caratteristico e lo abbiamo scelto senza alcun dubbio.»

Mi sa che mi sono perso un pezzo, ma chi è San Pietro? Il socio?

Con gli occhi spalancati, pieni di passione e orgoglio, Ivan mi parla del suo Nanni:

«È un po' rumoroso ma è una garanzia, non ti lascia mai a piedi, in un modo o nell'altro siamo sempre riusciti a rientrare in porto, con vento forte o con la nebbia. Non le sembrerà vero, ma tra noi pescatori ci riconosciamo di notte anche a distanza di qualche chilometro grazie al rumore dei motori. Per fortuna l'ottanta per cento delle notti il lago è piatto e il rumore dei motori scivola sul pelo dell'acqua per chilometri e ognuno ha un suono diverso dall'altro, caratteristico.»

Oramai è più di mezz'ora che navighiamo verso nord, mi viene spontaneo chiedere a Ivan:

«Dove siamo diretti?»

«Questa notte pescheremo le alborelle vicino ai Castelli di Cannero. La conosce la zona, Francesco?»

«Devo dire di sì, Ivan, anche qui qualche soddisfazione me la sono tolta.»

Il Beppe è stato in silenzio per tutto il viaggio, è rimasto ad ascoltare compiaciuto il dialogo con Ivan.

«Tra cinque minuti saremo a destinazione, effettueremo una pesca particolare adatta esclusivamente per i pesci di branco. La bedina, si chiama così, praticamente andremo a formare un grosso cerchio con una doppia rete, faremo una circuizione a sacco. Una volta chiuso il cerchio, una delle due reti, chiamata Orelle, verrà sganciata dalla sorella, calata e poi salpata in direzione della barca, questa azione in prima battuta creerà un catino per poi trasformarsi in un sacco, imprigionando tutto il pesce al suo interno. Non so se mi sono spiegato bene ma, vedrà, è più semplice capire la tecnica guardando l'esecuzione.»

Il motore è al minimo e la barca si sposta in modo circolare, resto a guardare affascinato l'evolversi della situazione. Ivan e Beppe, come due soldatini, si muovono in simbiosi, ognuno sa cosa deve fare e in meno di quanto credessi posizionano la rete a cerchio, temporeggiano e salpano prima una rete e poi entrambe creando un sacco enorme che a mano a mano che viene salpato a bordo della barca, o meglio a bordo del Burchiello, si rimpicciolisce sempre più fin quando arriviamo al fondo della rete e come magia un intenso luccichio e un movimento frenetico è sotto i nostri occhi. Una quantità davvero elevata di alborelle saltellanti viene portata a bordo e messa al sicuro in grossi mastelli scuri. Vedo le facce contente di entrambi, vuol dire che la pesca è andata bene. Oramai l'alba è alle porte, il lago incomincia a cambiare colore: è nato un nuovo giorno e il Burchiello scoppiettante si mette in moto creando piccole onde prodotte dallo scafo che vanno a movimentare uno specchio d'acqua immobile. Navighiamo per qualche centinaia di metri per fare una tappa intermedia sulla sponda in prossimità dei Castelli di Cannero per uno scambio di reti con un collega di Ivan.

Giusto dieci minuti e poi via, ricomincia la navigazione verso casa. Ci aspettano tre quarti d'ora di navigazione, ne approfitto per tastare il terreno con Ivan per quanto riguarda le indagini.

«Grazie, Ivan, per avermi dato la possibilità di vivere questa esperienza. Sai, sto sempre chiuso in ufficio, ogni tanto qualche esperienza all'aperto fa solo bene. Ivan, posso approfittare della tua gentilezza per farti un paio di domande?»

«Come Francesco o come commissario?»

Intelligente il ragazzo, ha capito subito dal tono della voce che la parte ludica della mia presenza si è interrotta.

«Come commissario, Ivan, non sentirti obbligato a rispondere, ci mancherebbe, sono ospite su questa barca.»

«Non si preoccupi, commissario, dica pure.»

«Tuo zio mi diceva che frequenti spesso Ramello.»

«Sì, commissario, Carlotta, la mia fidanzata, è di lì.»

«Com'è il paese, tranquillo?»

«Fondamentalmente sì, ci conosciamo tutti, perciò tutti sanno tutto di tutti.»

«Bene, Ivan, allora sarò diretto: hai mai sentito parlare di una setta?»

«Setta?»

«Sì, dai, un gruppo di persone che si dà appuntamento in quella zona una volta al mese per adorare uno spirito della valle.»

Ivan ha accusato il colpo, lo vedo sorpreso, sguardo fisso verso la prua della barca intento a solcare le onde di un lago stranamente formato per quest'ora del mattino.

Entriamo in porto, è ora di sbarcare. A scendere per primo è Beppe, che assicura con delle grosse funi di canapa il Burchiello alla banchina del porto. Come d'incanto il "Nanni" smette di cantare e le mie orecchie tirano un sospiro di sollievo. È ora di sbarcare anche per me, aiuto a scaricare il pescato, saluto il Beppe e mi avvicino a Ivan per ringraziarlo della nottata.

«Grazie di tutto, Ivan.»

«Grazie a lei, mi spiace non aver risposto alla sua domanda ma, vede, in paese nessuno vuole parlare di quell'argomento, sono persone poco raccomandabili, diciamo pure che la valle è terrorizzata dal clima venutosi a creare da quando queste sono uscite dall'anonimato e hanno deciso di farsi conoscere, o meglio di marcare il territorio. Una sera hanno percorso le vie del paese, secondo me ubriachi o drogati, esponendo teste decapitate di animali, inneggiando a una forza dell'aldilà.»

Santo cielo, queste persone sono veramente da fermare, non si può tenere in scacco un intero paese.

«Grazie mille per la nottata e per queste informazioni, tienimi aggiornato in caso di ulteriori novità.»

***

Passano i giorni, siamo a venerdì 7 aprile. Alle 16.00 riunisco tutti i ragazzi da me per avere un aggiornamento sulle indagini della settimana. Tutti presenti, inizia Marco e non porta buone notizie, una settimana è trascorsa ma nulla di che, nessuna telefonata interessante, a ruota Filippo incomincia a portarci a conoscenza delle sue indagini ma qualcosa lo interrompe: è Claudio alla radio che ci chiama.

«Commissario, commissario, sono Claudio, persona sospetta di fronte alla sua porta. Sta cercando di entrare, ha un leverino. Intervengo?»

Attimo di silenzio, prendo la radio e rispondo:

«Claudio, due minuti e siamo da te, intervieni solo se sfonda la porta ed entra.»

Il fatto di abitare a due o tre minuti di macchina dal commissariato mi permette di intervenire di persona.

Trenta secondi e siamo fuori dal commissariato, entriamo in macchina e partiamo con due auto, sembriamo dei pazzi. Il mio cuore è a mille, mi sento un irresponsabile nei confronti di Teresa.

Il questore aveva visto giusto, sto sudando freddo, sono nervoso, impugno il calcio della pistola. Arriviamo nelle vicinanze di casa mia, scendiamo dalla macchina, io non ci vedo più e mi fiondo pronto a sparare se necessario. Intravedo la persona che sta per sfondare la porta, statura media, porta un cappello e gli occhiali a specchio, ha i baffi neri. Le vado addosso senza pensarci due volte, come i kamikaze che si lanciavano contro le navi americane durante la Seconda Guerra Mondiale. Gli arrivo a pochi metri, incomincio a gridare, lui si ferma con il leverino, si gira verso di me, alzo la pistola al cielo e lo colpisco con il calcio sulla testa, il malcapitato non ha il tempo di reagire, crolla a terra svenuto.

Marco interviene bloccandomi, ero pronto a colpirlo per la seconda volta, lo alzo di peso e lo lancio sul lato del portone, che apro, salgo le scale di corsa verso la porta di casa, suono il campanello.

Teresa mi apre la porta.

«Francesco, cosa è successo? Sei tutto sudato.»

«Un uomo stava tentando di forzare il portone che dà sulla strada, siamo intervenuti grazie a Claudio che era di guardia.»

L'abbraccio con forza, lei incomincia a piangere. Devo trovare una soluzione.

***

Rassicuro Teresa e lascio insieme a lei Claudio, questa volta in casa. Scendo in strada, un'ambulanza è giunta sul posto, ha caricato l'uomo e lo sta per portare in ospedale. Non provo nessuna pietà, sono troppo arrabbiato, blocco l'ambulanza e ordino a Marco di salire a bordo, se fosse necessario di ammanettarlo e di non perderlo mai di vista.

Appena lo dimettono lo portiamo in commissariato, lo voglio far cantare. Ordino a Filippo di scattare alcune foto, nel frattempo sono arrivati sul posto anche i carabinieri. Scambiamo quattro chiacchiere con i ragazzi dell'arma, mi portano a conoscenza di aver già avvisato il magistrato, li ringrazio, guardo l'orologio, tra una cosa e l'altra è già passata un'ora dall'accaduto. Saluto Teresa, ringrazio Claudio e rientriamo in caserma.

Una volta in ufficio, il telefono incomincia a squillare.

Rispondo, è il magistrato D'Onofrio, anche lui spaventato dell'accaduto, si assicura che tutto sia andato bene e nessuno, a parte quell'uomo, si sia fatto male. Con pochi giri di parole mi comunica che ritiene opportuno dover assegnare ai carabinieri l'interrogatorio e le future indagini sull'accaduto, il sottoscritto è troppo coinvolto emotivamente e non riuscirei ad avere un comportamento equilibrato. Ho la pressione sanguinea ancora alle stelle, mi tremano le mani, ma capisco che la decisione del magistrato è giusta. Convoco i ragazzi in ufficio per informarli che non potremo spremere quell'uomo. Filippo la butta sul ridere:

«Accidenti, capo, quando ti arrabbi sei veramente cattivo.»

Periodo veramente teso. Attendiamo l'interrogatorio del delinquente e le successive indagini dei carabinieri per valutare se sia stato un atto isolato o se rientra anche questo tra le intimidazioni che ultimamente qualcuno sta portando avanti verso la mia famiglia.

«In effetti, non ci vedevo più dalla rabbia. Comunque bisogna andare avanti, Filippo, domani voglio la relazione sulla terza centrale idroelettrica.»

«Capo, se vuole è già pronta.»

Mezz'ora intensa a discutere in merito alla terza centrale, quella più a valle, praticamente quasi all'interno della cartiera. È emerso che appartiene a una piccola ditta di Intra, che è stata contattata per ben due volte sempre dalla stessa azienda milanese. A questo punto con un mezzo sorriso, Filippo mi mostra il biglietto da visita dell'agente milanese e qui un ulteriore tassello si posiziona al suo posto, l'azienda è la stessa che ha acquistato l'ex mulino su a monte: Milano Energia. In entrambe le occasioni sono stati offerti soldi e assunzioni ma la ditta intrese ha fatto intendere di non essere interessata alla vendita. Filippo ha lasciato il numero del commissariato in caso di un ulteriore contatto dell'azienda, gli abbiamo raccomandato di telefonarci subito per valutare un modo per partecipare insieme a loro all'incontro per seguire da vicino e valutare se si tratti di un tentativo di acquisto regolare o conseguente a minacce e/o estorsioni. Rientro a casa a piedi, non faccio in tempo a sedermi sul divano che suona il telefono, è Marco.

«Commissario, ho intercettato una telefonata, penso che si trattasse del titolare dell'azienda di Milano. Angelo al telefono parlava di un suo nuovo viaggio a Milano, e in quell'occasione avrebbe portato della documentazione sull'azienda intrese titolare della terza centrale. I lunghi periodi in silenzio di Angelo fanno pensare a un colloquio quasi a senso unico conclusosi con una frase di Angelo: "Ok, proviamo ancora una volta, se il terzo colloquio non avrà un esito positivo daremo mandato al professore di agire come in precedenza. Perfetto, allora confermo alla ditta che sarete da loro mercoledì.»

«Il professore?»

«Così ha detto.»

«Grazie, Marco, domani ci organizziamo.»

Passano i giorni, oramai la primavera è scoppiata, questa sera decidiamo di uscire per la nostra consueta passeggiata serale, ma in Vespa. Teresa è entusiasta, fa ancora un po' freddino, senza fretta ci passiamo in rassegna tutti e tre i lungolaghi della città quello di Intra, Pallanza e Suna, infine rientriamo un po' infreddoliti ma contenti.

10.

Ore 8.00 sono in ufficio, tra uno starnuto e l'altro, a causa dell'uscita un po' prematura di ieri sera. Suona il telefono, è il titolare della terza centrale, è agitato, affannato, mi comunica che mercoledì avranno un'ulteriore visita dell'ingegnere di Milano Energia. Mi confronto immediatamente con Marco per capire come organizzarsi per assistere alla terza visita dei milanesi alla ditta intrese:

«Partecipare è fondamentale,» dico «ma senza farsi scoprire, siamo sicuri che insieme a questi milanesi non si presenti anche qualche personaggio del posto? Oramai è assodato che c'è un basista del luogo, non possiamo rischiare di farci riconoscere, farei partecipare uno dei due ragazzi di Novara, sono sconosciuti qui in città, non abbiamo alternativa.»

«Ha ragione, Francesco, devo dire che i nuovi ragazzi sono piuttosto svegli e soprattutto sconosciuti, perciò potrebbe essere la mossa giusta.»

«Marco, ancora due cose: senti i carabinieri e chiedi

informazioni in merito a quel vigliacco che è stato arrestato e, per ultimo ho una domanda semplice per te: quando ci sarà la luna piena questo mese?»

«Devo guardare l'almanacco, capo.»

Marco rimane basito da questa mia ultima domanda per questo motivo mi soffermo a spiegare il senso:

«Ho intenzione di posizionare una cimice nella casa di Aurano dove, così ha detto Angela, ogni notte di luna piena si raduna la setta.»

«Certo, commissario, ci mancava solo una setta qui a Verbania.»

Sento rumori all'entrata, devono essere arrivati i ragazzi.

«Ragazzi, tra cinque minuti vi aspetto nel mio ufficio. Per cortesia, un caffè con il latte caldo per me. Grazie.»

Eccoci per l'ennesima volta nel mio ufficio, tutti presenti i miei ragazzi, tranne Claudio, che è con Teresa. Certo che li vedo crescere di giorno in giorno per quanto riguarda l'esperienza professionale, mi spiace solo per Luigi, avrebbe avuto una carriera sicura. Marco informa i ragazzi delle decisioni prese per le prossime mosse. Come una partita a scacchi, mando avanti i miei alfieri ad aprire il gioco, la torre rimarrà a proteggere il re e la regina attenderà il momento giusto per dichiarare scacco matto.

Dopo aver deciso che Mauro seguirà l'eventuale terzo incontro con Fausto, il nostro alfiere spesso in trasferta a Milano, studieremo il momento giusto per una perquisizione nella sede dell'agenzia. Sarebbe perfetto nel momento in cui Angelo si trova all'interno della sede. Infine la torre, cioè Filippo, farà una mossa tattica, posizionando una cimice nella villa della strega di Aurano. Su questo punto Marco mi interrompe ed esaudisce la mia richiesta di mezz'ora prima sulla luna piena.

«Capo, mi sono informato direttamente da Bernacca, la prossima luna piena sarà domenica 23 alle 4.10 del mattino; perciò, programmerei il posizionamento della cimice venerdì 21 aprile.»

«Ottima notizia, Marco, concordo per la data, mi raccomando, ringrazia il tuo amico Bernacca per la notizia.»

A questo punto interviene Filippo, con quel fare un po' ambiguo che non sai mai se stia scherzando o stia parlando sul serio.

«Mi scusi, commissario, ok faccio pure la torre, ma mi spiega il motivo per cui proprio io dovrei andare alla villa della strega?»

«Non mi dire, Filippo, che sei superstizioso?»

«Insomma, luna piena, villa della strega, se proprio devo dirla tutta, io ho paura, altro che superstizioso.»

Risata generale che mi fa capire che il gruppo è coeso e solido, questo mi fa ben sperare nel proseguimento delle indagini. È ora di staccare, invito tutta la squadra sul lungo lago a bere un caffè in attesa di affrontare le indagini che ci porteranno allo scacco matto.

***

Eccoci a mercoledì, Claudio è pronto per l'incontro, vista la sua giovane età abbiamo concordato con i proprietari della centrale il suo ruolo, farà la parte del nipote, responsabile della produzione dell'energia, io sarò nella stanza a fianco a origliare. Già nel primo pomeriggio io e Claudio con un miniregistratore siamo negli uffici della centrale, il titolare con pazienza cerca di formare Claudio per quanto riguarda le nozioni basilari sul funzionamento di una centrale idroelettrica per farlo sembrare un minimo competente in materia. È giovane e intelligente, farà la sua parte, sicuramente bene. Sono nervoso, spio dalla finestra dell'ufficio il parcheggio sottostante, l'attesa dell'arrivo dei dirigenti dell'azienda di Milano è stressante. Suona il campanello, dal lato della tenda della finestra riesco a vedere una macchina bianca parcheggiata nel piazzale, non riesco a leggere la targa, ma penso che siano loro. Si spalanca la porta dell'ufficio dove mi trovo, è il titolare della ditta.

«Sono arrivati, commissario, entri subito nell'ufficio vicino, speriamo che tutto vada bene.»

«Deve stare calmo, non si preoccupi.»

Apro la porta a soffietto che divide le due stanze e mi apposto non prima di aver azionato un registratore ben posizionato e reso quasi invisibile. Passano cinque minuti e tutto tace, non capisco il perché, comincio a preoccuparmi, non so se attendere o uscire da questo ufficio. Decido di attendere. Dopo solo trenta secondi, qualcuno si sta avvicinando alla stanza a fianco alla mia. Eccoli!

«Entrate pure nel mio ufficio, prego, prego.»

«Non capisco la sua testardaggine, perché non vuole cederci la centrale, le ripeto ancora una volta che abbiamo intenzione di ricostruire la centrale bruciata, più a monte sarà ricostruita una seconda più piccola dove c'era un mulino, è normale che puntiamo ad acquistare anche questa, è una questione di mercato, l'elettricità prodotta da tutte e tre le centrali verrà venduta allo stesso prezzo, non possiamo pensare di investire tanti soldi per poi avere la concorrenza a pochi chilometri. Deve capire che anche questa centrale avrebbe bisogno di aggiornamenti, noi siamo pronti a farli e vi terremo come gestori, però è fondamentale che la proprietà sia unica.»

«Mi spiace, sono già stato chiaro con i suoi collaboratori nell'incontro precedente, è una questione di affetto, questa centrale è stata costruita da mio padre e non ho intenzione di venderla, si può ragionare per quanto riguarda il discorso di non farsi concorrenza l'uno con l'altro, ci mancherebbe, ma la centrale rimarrà di proprietà della mia famiglia.»

«Guardi, io sono il titolare di Milano Energia, sono venuto di persona proprio per farle capire qual è la strada giusta da prendere, vede, basta un attimo e potrebbe avvenire uno smottamento che interrompe il flusso d'acqua forzata verso la sua centrale, e sa bene che senza acqua non si produce energia elettrica.»

«Cosa fa, mi sta minacciando?»

«Minacciando? Assolutamente no, però in queste condizioni la centrale vale una cifra, in quel caso la cifra sarà più che dimezzata.»

«Se ne vada da qui, si vergogni!»

«Volentieri, poi però non dica che non era stato avvisato.»

«Se ne vada immediatamente!»

Sono sconcertato con quale freddezza sia passato da consigliere a personaggio senza scrupoli, direi spregiudicato e senza limiti. Passano alcuni minuti. Il titolare di Milano Energia è fuori dallo stabile che ospita la centrale e raggiunge il piazzale, sale sulla macchina e lascia dietro di sé una nuvola di polvere dovuta a una partenza piuttosto brusca su un terreno di sabbia e sassi. Esco dal mio nascondiglio e vado incontro al titolare della centrale e Claudio. Il proprietario è in lacrime.

«Stia tranquillo, ci siamo qui noi, non la lasceremo nelle mani di quei criminali.»

«Non so, commissario, se ho fatto bene a non accettare. Come farò a dormire tranquillo da oggi in poi?»

«Oramai quasi tutti i nodi sono arrivati al pettine e la registrazione che abbiamo effettuato sarà un'ulteriore prova, presto si apriranno le porte della galera per questi farabutti.»

***

Rientriamo in commissariato, i ragazzi sono in attesa di sapere come sia andato l'incontro con i compratori, mi fa piacere questo coinvolgimento come gruppo, leggo sul loro viso la freschezza e la compattezza della squadra. Stendiamo un rapporto completo su come sono andate le cose, dalle trattative iniziali alle minacce, supportato dalle registrazioni effettuate nella stanza. Mi suona il telefono.

«Pronto, commissariato, mi dica.»

«Francesco, sono io, Angela.»

Non mi piace la sua voce, la solita voce da stravolta che si ritrova dopo uno dei suoi incontri con l'aldilà.

«Come stai? Tutto bene?»

«Stanca, Francesco, molto stanca, non interrompermi, ho solo trenta secondi di tempo per parlarle, mi stanno controllando.»

«Chi?»

«Ho detto di non interrompermi, porca miseria! Apri bene le orecchie, Francesco: stanotte ci sarà un attentato al commissariato.»

«Cosa?»

«Non cercarmi, se no mi scopriranno.»

«Pronto? Pronto!»

Ha riattaccato il telefono.

Nel frattempo, ognuno dei ragazzi ha ripreso posto presso il proprio ufficio.

«Marco! Marco!»

Chiamo il mio vice con tutta la forza che ho, penso che mi abbiano sentito fino sul lungo lago. Lo sento uscire di corsa dal suo ufficio e dirigersi verso il mio. Gli vado incontro, ci troviamo nel corridoio, oltre a Marco si sono catapultati tutti i ragazzi.

«Marco, stanotte ci sarà un attentato.»

«Dove?»

«Qui da noi.»

«Non capisco, commissario.»

«Mi è arrivata una soffiata, i giochi si fanno pesanti.»

Chiamo il questore e lo porto a conoscenza della situazione. Il questore è preoccupato.

Passa il pomeriggio, la tensione è visibile sulle facce dei ragazzi. Decidiamo di rimanere tutti in commissariato, sono le 18.00, alla porta c'è il questore.

«Buongiorno, ragazzi, tutto bene?»

«Signor questore, buonasera, ma non doveva venir qui, può essere pericoloso.»

«Commissario Romano, per chi mi ha preso? Non penserà mica che mi spaventi qualche minaccia. Qual è il piano per stasera?»

«Pensavamo di stare metà di noi all'interno del commissariato e gli altri chiusi in macchina ad attendere l'evoluzione della nottata.»

«E così sia, commissario, qui comanda lei.»

Decidiamo di mangiare delle pizze rinchiusi in commissariato in attesa del probabile attentato.

Sono le 22.30, io, Marco, Renato e Fausto siamo in macchina, gli altri, compreso il questore, sono all'interno del commissariato, rigorosamente con le luci spente.

Devo dire che la serata sul lungo lago è trascorsa in piena tranquillità, siamo ancora in primavera, non c'è tanta folla, anzi oramai solo poche coppie, temerarie, strette in effusioni amorose o impegnate in discorsi profondi, occupano le panchine più in disparte, lontane da occhi indiscreti.

Sono le 23.00, le persone incominciano a ritirarsi nelle proprie case, domani è giornata lavorativa. Qualcosa si muove, una moto di grossa cilindrata arriva di fronte al nostro edificio, sono in due, entrambi indossano il casco. Il passeggero scende dalla motocicletta, ha in mano una Molotov, anzi due. Le accende entrambe e le lancia contro il portone del commissariato, che prende fuoco. A questo punto usciamo dalla macchina, pistola in pugno, e corriamo verso i delinquenti.

«Fermi, alzate le mani!»

I due delinquenti si girano verso di noi, il passeggero estrae una pistola dal giubbotto e spara quattro colpi nella nostra direzione.

«Giù!»

La moto riparte a tutta velocità verso l'abitato. La moto ci passa di fronte, il passeggero non esita a esplodere altri due colpi. Saltano i vetri della Giulia, decido di non rispondere al fuoco, troppo pericoloso sparare in città. Saliamo in macchina tra il fuggi fuggi generale di alcune persone nei paraggi. Tentiamo di inseguirli. Niente da fare, qualcosa non va alla macchina, sbanda, non tiene la strada.

«Fermati, Filippo, mi sa che abbiamo forato.»

Accosta e scendiamo. Effettivamente la ruota sinistra anteriore è scoppiata. Probabilmente uno dei due proiettili esplosi durante la fuga ha colpito lo pneumatico. Non ci resta che rientrare verso il commissariato a piedi, oramai abbiamo perso le tracce della motocicletta.

Arrivati di fronte al commissariato troviamo il resto della squadra, compreso il questore, sento in lontananza delle sirene, sono i vigili del fuoco chiamati da qualche vicino.

Siamo tutti scioccati, il portone e parte del muro del commissariato portano i segni delle Molotov lanciate, meno male niente di più, il fuoco si è estinto da solo. Sul posto anche i carabinieri, riconosco il maresciallo che ha preso in consegna quel farabutto che ha tentato di entrare a casa mia. Dopo i rilievi del caso e le ipotesi sull'accaduto, gli chiedo notizie in merito all'arrestato, nulla di che, non parla neanche sotto interrogatorio intensivo. Il giorno seguente all'arresto si è presentato dai carabinieri un avvocato milanese per curare la sua difesa. È chiaro che da Milano hanno tutto l'interesse di rassicurare e difendere i propri uomini per far sì che non rivelino nulla.

Sono le 2.00 di notte, rientro a casa stanco e preoccupato.

11.

Attentato al commissariato di polizia di Verbania.

In caratteri cubitali la "Gazzetta del Popolo" apre così la prima pagina regionale il giorno seguente. L'intera città è sbigottita.

Ore 9.00, vengo convocato per il primo pomeriggio dal prefetto a Novara, devo dire che era inevitabile, comunque sono tranquillo, anzi questa escalation di violenza inattesa e insensata porterà il questore e il prefetto ad agire con più forza.

Pranzo velocemente e via verso il capoluogo.

Eccomi qui, fuori dall'ufficio del prefetto con il questore, bussiamo ed entriamo. Il prefetto ci viene incontro per stringerci la mano, noto nei suoi occhi la preoccupazione del caso, dopo averlo rassicurato che nessuno è stato coinvolto nella sparatoria, andiamo subito al dunque. Il prefetto ci pone una domanda:

«Secondo voi questa azione ha una matrice? Ci sono possibilità che sia una risposta alle indagini dell'anno scorso concluse con lo smantellamento di un cellula terroristica di Milano?»

Rimango a pensare qualche istante, poi replico:

«Non è da escludere questa sua supposizione, le intimidazioni precedenti, cioè l'incendio alla mia autovettura e il tentativo di entrare in casa mia, hanno sicuramente una firma diversa, erano troppo personali gli attacchi. In effetti l'attentato verso il commissariato potrebbe risultare riconducibile a quel fatto e non alle indagini in corso a Verbania. Comunque sia, la vicinanza degli attentati può trarre in inganno e avere più matrici.»

Il prefetto, dopo avermi lasciato parlare, prende tempo, prende appunti sulla sua agenda, tutto in un colpo interrompe questo suo momentaneo isolamento e con lo sguardo rivolto verso di noi ci riserva un sermone di dieci minuti sulla situazione drammatica in tutto il Paese e il fatto che il terrorismo stia tentando di uscire dalle grandi città per coinvolgere le province e coinvolgere il ceto medio per tentare un assalto allo Stato, tutto questo non è da prendere sotto gamba. Perciò mi propone l'invio di ulteriori rinforzi per rispondere immediatamente all'attacco allo Stato, così lo definisce il prefetto. Rispondo in maniera chiara e netta:

«Le forze in campo del commissariato di Verbania sono largamente sufficienti per chiudere il caso, oramai i tasselli delle indagini sono al loro posto, semmai avrò bisogno di una collaborazione con la guardia di finanza di Milano per effettuare l'ispezione alla sede della società che sta investendo denaro per l'acquisto delle centrali».

Il prefetto, malgrado la sua preoccupazione, decide di darmi fiducia accettando la mia linea, e per quanto riguarda l'ispezione a Milano se ne occuperà lui per la collaborazione della guardia di finanza.

I giorni passano frenetici per organizzare nel dettaglio l'atto finale. Si prevede un fine settimana di fuoco, il tanto atteso venerdì 21 è arrivato, stasera posizioneremo la cimice all'interno della villa della strega ad Aurano, così scopriremo se questa setta si riunisce veramente o se è solo una diceria. Sabato 22 saremo in trasferta a Milano per fare una perquisizione negli uffici della società Milano Energia, visto che Angelo si reca lì sempre di sabato e alla sera ci aspettano i fantasmi alla villa della strega.

Probabilmente è il giorno di chiusura della società, per questo utilizzano gli uffici per queste attività parallele, pianificando e realizzando traffici e situazioni criminali senza coinvolgere il personale della ditta stessa.

***

Sono le 22.00, io, Marco, Filippo Fausto e Stefano partiamo per Aurano. Devo dire che dopo Ramello la strada si fa buia e stretta, i paracarri lasciano molto a desiderare, il resto lo fa il burrone, che praticamente ci accompagna per tutto il percorso. L'unico tranquillo e sereno è Stefano, esperto della zona, anzi ci porta a conoscenza delle varie disgrazie avvenute in quel pezzo di strada.

Eccoci, siamo alle porte del paese, lasciamo la macchina e proseguiamo a piedi con tanto di torce, percorriamo un sentiero sterrato per una decina di minuti.

Passato un ponticello, intravediamo una casa a due piani, pensavo di trovarmi di fronte a un rudere, come nelle più classiche delle storie del terrore, invece no, devo dire che si difende bene. Sul muro laterale si scorge una grossa macchia di umidità, il tetto è invaso da rampicanti, il resto devo dire che è ancora accettabile.

La porta è aperta, entriamo e ispezioniamo i vari locali presenti al piano terra. Nelle stanze troviamo tanti mobili accatastati ma niente di indicativo.

Saliamo al primo piano e continuiamo l'ispezione dei

locali, ci soffermiamo in uno in particolare, è il più ampio, presumo fosse un salotto. È completamente vuoto, i muri imbrattati da scritte e disegni.

Al centro della stanza c'è un tavolo, punto la torcia in quella direzione e mi avvicino, noto una buona quantità di cera sui lati del tavolo e al centro delle macchie scure. Illumino il pavimento, le piastrelle in prossimità del tavolo sono macchiate, sicuramente dello stesso liquido delle tracce presenti sul tavolo.

«Capo, sembrerebbe sangue.»

«Lo credo anch'io, Filippo, cerca di prelevarne un po' raschiando la piastrella con il coltello, così lo facciamo analizzare.»

«Sarà fatto.»

Sembra che sia un altare e se risultasse sangue la questione si farebbe più grave. Decidiamo di posizionare la cimice proprio sotto il tavolo.

Una volta fuori, ripercorriamo il sentiero, saliamo in macchina e rientriamo in commissariato. In macchina regna il silenzio, ognuno chiuso nei propri pensieri.

***

Sabato, ore 6.00, l'appuntamento è in commissariato. Lascio il sacchetto con al suo interno la raschiatura della piastrella recuperata ieri sera nella villa della strega e uno scritto da portare immediatamente alla scientifica per far analizzare il presunto sangue secco presente sul pavimento della villa della strega.

Partiamo in direzione Milano, l'appuntamento con la guardia di finanza è per le 8.00 presso il loro comando.

Eccoci, dopo qualche momento di disorientamento e un paio di inversioni di marcia, nei viali del centro, entriamo nel cortile della loro caserma, ci viene incontro un sottufficiale che ci dà il benvenuto e ci accompagna nell'ufficio del comandante.

«Benvenuti a Milano, commissario.»

«Mille grazie per l'accoglienza.»

«Posso offrirvi un caffè?»

«Sì, grazie, con un po' di latte, se possibile.»

Dopo aver bevuto un ottimo caffè, ci apprestiamo a entrare nell'ufficio del comandante. Quest'ultimo è già sul pezzo dopo aver avuto con me una lunga telefonata la scorsa settimana. Tutto è chiaro, come guardia di finanza faranno un controllo fiscale, cercheranno di estrapolare dai libri contabili e dai faldoni la documentazione riconducibile a una trattativa per l'acquisto della centrale bruciata di Ramello, oltre a valutare le posizioni lavorative delle persone che eventualmente verranno trovate all'interno degli uffici. Tutto è pronto, usciamo dalla loro caserma incolonnati, tre macchine della GdF e la nostra Giulia. Dopo un quarto d'ora di strada, arriviamo nei pressi dello stabile della società Milano Energia. È moderno, su tre piani con i vetri a specchio. Ci avviciniamo all'ingresso, per la cronaca, nove finanzieri più noi quattro, niente male, un controllo di una certa portata.

Noto il personale in portineria sbiancare alla vista di così tanti finanzieri. Viene richiesto di poter parlare con il titolare, nello stesso momento vediamo i finanzieri svincolarsi e procedere nelle varie stanze per prendere visione delle persone presenti. Arriva di tutta fretta un uomo in giacca e cravatta molto preoccupato.

«Buongiorno, a cosa devo la vostra visita?»

«Buongiorno, sono il vicecomandante della compagnia di Milano, un semplice controllo. Lei chi è?»

«Ingegner Federico Costanzo, sono il titolare dell'azienda.»

Mmm… questo nome non mi è nuovo, l'ho già sentito, non ricordo dove. Dietro di me Marco non perde tempo, mi tocca il fianco con il gomito e sottovoce mi sussurra:

«Capo, ha capito di chi si tratta?»

«Non riesco a metterlo a fuoco.»

«È il proprietario della macchina che usciva dal terreno di Angela, avevamo fatto una ricerca partendo dalla targa.»

«Ecco! Porca miseria… Bingo!»

Siamo sulla strada giusta.

Sei finanzieri da più di mezz'ora stanno ispezionando i libri contabili, nel mentre altri due hanno preso visione dei presenti e registrato i documenti. Noi con il vicecomandante ci spostiamo da una stanza all'altra per curiosare sul lavoro che senza tregua viene svolto dai finanzieri. Tra le mani ho l'elenco delle persone presenti nello stabile, scorro con lo sguardo tra i nomi riportati sul foglio. Dodici dipendenti presenti e un visitatore. Mi incuriosisce e mi soffermo sul nominativo. Ferretti Angelo, residente a Cambiasca. Bingo! Anche questo è il nostro uomo.

Chiamo Fausto per avere un'ulteriore conferma, visto che lui lo ha pedinato diverse volte. Si avvicina a me, ha un mezzo sorriso sulle labbra.

«Capo, è lui.»

Sta andando tutto nel verso giusto, dopo aver sequestrato un fascicolo, sembrerebbe contenere documenti importanti e, posizionate alcune cimici, lasciamo lo stabile e rientriamo nella loro caserma.

Oramai sono le 13.00, pranziamo in caserma e dopo aver fatto il punto della situazione rientriamo a Verbania. Dal fascicolo sequestrato è emerso materiale importante, progetti e preventivi dei costi per la ristrutturazione della centrale idroelettrica di Ramello. Non risultano nomi riconducibili ad abitanti delle nostre parti, resta il fatto che ora è chiaro che il titolare e Angelo si conoscono e collaborano. Ora attendiamo che le cimici ci diano qualche informazione che ci porti a scoprire qualche punto a noi ancora oscuro.

***

Sono le 16.00, siamo nuovamente a Verbania, parcheggiamo la macchina di fronte al commissariato, entriamo e scambiamo quattro chiacchiere sulla giornata con i ragazzi che non hanno partecipato alla trasferta a Milano. Invito chi ne ha voglia a trascorrere la serata nel bosco, nelle vicinanze della villa della strega, in attesa di una eventuale ricezione da parte della cimice posizionata al suo interno, visto che stanotte è di scena la luna piena e dovrebbe riunirsi la setta.

Giornata veramente intensa con grossi passi in avanti, speriamo che le sorprese non siano finite.

***

Sono le 22.00, ci avviamo verso la valle. Siamo in quattro: io, Filippo, Marco e Fausto.

Il morale è alto, si scherza sulla situazione, Filippo dice di credere nella presenza dei fantasmi, ma che è venuto per riuscire a superare questa sua fobia. Le risate non si contano durante il viaggio.

Eccoci, ci siamo, sulla destra la strada sterrata che bisogna prendere, di fronte a noi una macchina ferma ci fa i fari. È la Centoventisette bianca di Stefano.

Parcheggiamo in un vicino spiazzo al lato della strada, scendiamo dall'auto e ci avviamo verso la strada sterrata. Stefano fa da capofila, è fondamentale non perdersi nel bosco immerso quasi nella totale oscurità.

L'unica fonte di luce è prodotta dalla bellissima luna piena che questa sera splende in cielo.

Fonte di ispirazione per cantanti, pittori, innamorati e scrittori, ahimè in questo caso anche di una ipotetica setta che vede in essa un simbolo tenebroso e malvagio.

In silenzio e in fila indiana ci inoltriamo nel bosco per non essere notati da nessuno, l'unico rumore prodotto dalla nostra marcia è causato da un tappeto di foglie che copre il bosco.

«Fermi immobili!»

«Che c'è, Stefano?» gli chiedo sottovoce.

«C'è qualcuno davanti a noi, state bassi e in silenzio, procedo da solo.»

Stefano, con estrema cautela, cambia direzione, si spinge più a nord per aggirare il problema o valutare da un'altra prospettiva di cosa si tratta. Trascorsi due minuti in silenzio, sentiamo dei passi avanzare verso di noi.

«Avanti, venite avanti.»

Si scioglie un gelo generale, meno male è Stefano.

«Ci hai fatto preoccupare.»

«Il bosco di notte è come un'autostrada per gli animali. Era una coppia di cinghiali che pascolava.»

«Cinghiali? Capo, sono pericolosi, torniamo indietro.»

Ecco, ci mancava solo lo show di Filippo, seguito da una risata trattenuta da tutti noi. Ci siamo, a poco più di venti metri abbiamo la famosa villa della strega, non ci resta che accasciarci e aspettare, nell'attesa proviamo la nostra trasmittente se riceve correttamente l'audio proveniente dalla cimice.

«Filippo, entra nella stanza della casa dove c'è il tavolo e prova a parlare, così valutiamo se è tutto ok.»

«Non ci penso proprio, capo, mandi Stefano, che è grande e grosso.»

Risata generale dei ragazzi.

Meno male, l'incidente viene risolto da un volontario.

«Vado io» dice Marco.

Senza fretta percorre il tratto di bosco che ci separa dalla villa, la porta principale è chiusa.

Strano, era aperta quando avevamo posizionato la cimice, questo è un ulteriore segnale che l'abitazione è frequentata.

Marco entra da una finestra laterale che porta nel corridoio d'ingresso, dopo pochi secondi è all'interno della sala dove abbiamo posizionato la cimice.

Lo sentiamo forte e chiaro dalla nostra radio.

«Prova… prova 1, 2, 3, prova.»

Tutto funziona, ora attendiamo. Ecco Marco tornare indietro e avvicinarsi a noi.

«Com'è andata, si sentiva?»

«Forte e chiaro, Marco, ma fantasmi ne hai visti?»

«Certo, capo, per ora erano in due seduti sul tavolo.»

Ulteriore risata trattenuta del gruppo, solo Filippo la prende sul serio:

«C'è poco da scherzare su queste cose.»

Passa il tempo e tutto tace.

È mezzanotte, malgrado che siamo a fine marzo fa freddo, è umido, forse perché non sono abbastanza coperto. Comunque sia, ho la punta del naso e le dita congelate.

Mezzanotte e mezza, qualcosa incomincia a muoversi, due raggi di luce si stanno avvicinando, sono torce, qualcuno si sta dirigendo verso la villa.

Silenzio totale da parte nostra, ci facciamo piccoli piccoli tra le sterpaglie del bosco dietro l'abitazione.

Un secco rumore metallico inconfondibile di una serratura ci annuncia che qualcuno sta per entrare in casa.

Un lontano bisbiglio dal bosco sempre più accentuato ci avvisa dell'arrivo di un altro gruppetto di persone.

Ora le voci provenienti dall'interno della sala sono chiare, grazie alla tecnologia moderna ascolteremo cosa hanno da dirsi questi individui e se sono riconducibili alle nostre indagini.

Attimi di silenzio assoluto all'interno della villa, una voce profonda incomincia a parlare, frasi strampalate che chiedono un segnale di presenza per allacciare un contatto con l'aldilà.

Dicono di essere pronti al sacrificio di sangue che li rende legati per questa notte.

«Capo, ma questi sono pazzi!»

«Silenzio, Filippo, ascoltiamo.»

Momento un po' confuso, si sente un rumore riconducibile all'apertura di un sacco, un tenero miagolare. Santo cielo, ma che stanno facendo? Non faccio in tempo a chiedere nuovamente silenzio da parte dei ragazzi in fermento per la voglia di intervenire che un lamento acuto della povera bestiolina va a spegnersi dopo alcuni secondi.

«Inginocchiatevi, servitori! Ecco qui il sangue che ogni sera di luna piena pretendi dai tuoi servi, per avere in cambio da te, spirito della frana, il permesso di agire contro chi non vuole la nostra ascesa in valle, sicuri che un domani, quando domineremo la valle, prenderà sempre più forza il potere del tuo spirito. Entra nei nostri pensieri e proteggi i nostri obiettivi. Aiutaci a sconfiggere il nemico, dai la forza a questi tuoi servitori di trovare la spia che c'è tra di noi e di sacrificarla per la tua sete.»

La tragedia insensata si è compiuta, solo dei malati di mente possono effettuare questi riti, mi chiedo come riescano a invaghire le persone. Il pensiero mi porta inesorabilmente a ricordare alcune situazioni vissute a casa di Angela, il cimitero di fronte a casa sua, il gatto morto nel prato pronto per essere seppellito. Trattengo a stento le ire di Filippo dopo questo atto atroce.

«Stiamo calmi, non serve a nulla intervenire adesso, non basta vincere una battaglia, bisogna vincere la guerra.»

Mando Filippo e Marco sulla strada sterrata, dove sono parcheggiate le macchine di questi idioti per segnare le targhe in modo da risalire ai proprietari all'interno della villa. Dopo il folle gesto, il fantomatico santone elogia una serie di figure riconducibili alla magia nera e in coro il gruppo di pecoroni presente ripete le frasi pronunciate. A questo punto il santone alza il tiro, torna a imprecare verso chi sta cercando di bloccare le operazioni di conquista del territorio. Pian piano che prosegue il discorso, tutto diventa più chiaro, si sta riferendo a noi, siamo sulla strada giusta. Parla apertamente di guerra nei confronti di chi non vuole concedergli il potere economico di questa valle, la valle in cui ancora oggi è presente lo spirito, il loro spirito guida. Poi affonda il colpo dicendo: «Chi è venuto fino a Milano per interrompere il nostro percorso deve essere eliminato». Infine torna sul discorso precedente, invitando i presenti a guardarsi negli occhi l'uno con l'altro per capire chi tra di loro non sta facendo il proprio dovere e, ancor più grave, sta facendo il doppio gioco. Dopo un attimo di silenzio il tono si alza, diventa un grido assordante, tanto che il nostro strumento in collegamento con la cimice va in distorsione:

«Un traditore! Tra di noi c'è un traditore, voglio la sua vita.»

Santo cielo, con chi ce l'avrà mai? Subito dopo chiarisce il tutto:

«Qualcuno ha tradito! Il tentativo di entrare nella casa di un nemico è fallito. L'azione contro il commissariato è in parte fallita, perché ci stavano aspettando, i controlli nella mia azienda erano mirati per scoprire il nostro obiettivo.»

Con questa ultima dichiarazione fiume è chiaro chi è alla testa di questi pazzi, ma non ha ancora finito di dire bestialità e ripete per l'ennesima volta lo stesso concetto:

«Qualcuno ha tradito! Guardiamoci in faccia e

troviamo il colpevole! Invoco l'intervento del professore per punire in maniera esemplare chi non ha intenzione di collaborare con noi e chi ha tradito.»

Si chiude così la riunione di questa sera. Rimaniamo nascosti fin quando tutti i componenti della setta, uno per uno dopo aver ringraziato il santone, escono in silenzio e si disperdono nel bosco in direzione della strada sottostante. Mi viene da pensare ad alcune conclusioni: Angela è sicuramente la traditrice, per cui è in pericolo. Ma chi è questo professore? Sembrerebbe essere il braccio armato del gruppo. Devo scoprire la sua identità prima che agisca nuovamente in valle nei confronti di chi ancora non vuole collaborare. Penso che si riferisca ai proprietari dalla terza centrale idroelettrica e per tutto ciò solo Angela mi può aiutare.

Lasciamo passare una buona mezz'ora per poi avviarci verso la strada, tutto è tranquillo, non vola una mosca, un fascio di luce a intermittenza dall'altra parte della strada ci indica la posizione di Filippo e Marco, usciti dal bosco in precedenza per risalire alle targhe dei componenti della setta.

Ho un freddo boia, stare fermo per tutto quel tempo mi ha congelato le ossa.

Rientriamo in commissariato e subito dopo a casa. L'appuntamento è per domani mattina per fare il punto delle indagini.

Rientro a casa infreddolito, malgrado l'orario mi infilo sotto l'acqua bollente della doccia, mi sento rigenerato e pronto per andare a dormire.

12.

Ore 8.30, sono in commissariato, sono già tutti presenti, per la prima volta sono l'ultimo ad arrivare.

«Buongiorno ragazzi. Mattinieri, come mai? Bene, vi aspetto in ufficio tra cinque minuti, vi ricordo che non ho fatto colazione.»

Eccoci in ufficio, sono ancora stordito dalla serata di ieri, facciamo il punto della situazione e tutti concordano che c'è da proteggere la terza centrale idroelettrica. Sempre dalla serata è emerso che il santone non è altro che il titolare di Milano Energia. Ora bisogna capire chi sia il professore. Chiedo a Marco di risalire all'identificazione dei proprietari delle macchine presenti ieri sera.

Rompo le righe con i ragazzi e chiamo immediatamente Angela. Non mi risponde, provo nuovamente, ma nulla cambia. Esco dall'ufficio, mi dirigo in direzione via Tacchini, dal Beppe.

Il portone è spalancato con il suo furgone di fronte all'entrata, è arrivato con il carico della sua materia prima di alta qualità: le cannette di Fondotoce.

«Ciao Beppe, tutto ok? Ma siamo sicuri che queste cannette siano di qualità?»

«Buongiorno commissario, certo che sì, ah ah ah. Lo prende un bicchierino con me?»

«No grazie, Beppe, ti lascio lavorare.»

Non è il momento giusto per parlare con lui, prendo la macchina e vado da Angela.

Per l'ennesima volta percorro i tornanti del monte Rosso che portano a casa sua, venti minuti e sono di fronte alla sbarra, questa volta è chiusa, lascio la macchina poco distante e mi avvio a piedi, la primavera oramai si è svegliata, i primi fiori sono sbocciati tra i ciuffi di erba che si stanno lanciando verso il cielo.

Eccomi nel parcheggio nei pressi della casa di Angela, la intravedo, è nel prato di fronte a casa sua, inginocchiata sul terreno, proprio come quando l'ho salutata la volta scorsa, con la differenza che ora sono consapevole di cosa sta portando a termine. È difficile per me accettare questa situazione, percorro la strada che conduce alla casa, arrivo nei pressi della porta d'ingresso, mi fermo e osservo Angela sotterrare la povera creatura sacrificata ieri sera da quella banda di malati di mente come lei.

Finito il rito della sepoltura, Angela a testa bassa si volta, lascia quel suo piccolo cimitero e si avvia verso l'entrata della casa piangendo come una bambina. Si ferma all'improvviso dopo avermi intravisto, sorpresa della mia presenza, non mi rivolge la parola, mi evita ed entra in casa.

Rimango immobile per qualche secondo, poi decido di entrare in casa. La trovo seduta sul suo divano in sala, si è appena accesa una sigaretta, fuma imperterrita senza alzare la testa, è difficile trovare il modo adatto per iniziare un discorso. Lei non parla, la vedo in difficoltà, ritengo che sia in attesa di un aiuto per uscire da questa folle situazione.

«Ciao Angela.»

Alza la testa e mi guarda negli occhi, non risponde, ma capisco che mi sta chiedendo aiuto.

«Cosa è successo? È morto un altro tuo gatto?»

Con la testa mi fa segno di sì.

«E io che ti stavo pure ad ascoltare quando mi raccontavi della differenza tra magia bianca e quella nera.»

Non parla, rimane immobile, mi fissa intensamente, sembra quasi sotto l'effetto di stupefacenti, non mi fermo e continuo a tenerla sotto pressione.

«Ma quel povero gatto è morto qui a casa o ieri sera durante la cerimonia?»

Interrompe all'istante l'aspirazione della sigaretta, alzando gli occhi nella mia direzione espira tutto il fumo che ha nei polmoni e con voce rauca e bassa mi risponde con fare sorpreso:

«Cerimonia? Quale cerimonia?»

«Quella di ieri sera. Non sei andata a una cerimonia o come cavolo le chiamate voi?»

«Tu che ne sai di dove sono stata ieri sera?»

«Tu non mi vedevi, ma io ero lì tra di voi.»

A questo punto spegne la sigaretta sul pavimento schiacciandola con la punta della scarpa e questa volta con la voce rigenerata dall'adrenalina in corpo scaturita dalla mia rivelazione si rivolge nuovamente a me:

«Ma tu dov'eri?»

«Non importa dov'ero e cosa ho sentito.»

Con voce sorpresa Angela mi risponde:

«Per me è importante sapere.»

Mantenendo il massimo riserbo le rispondo:

«L'unica cosa che è importante è che tu sei in pericolo.»

«No, stai tranquillo, sono fondamentale per loro.»

«Tu oramai non gli servi più, quello che volevano da te lo hanno ottenuto, devi metterti al sicuro, se quel farabutto scopre che mi hai informato sull'attentato del commissariato ti farà del male.»

Un attimo di pausa, poi mi risponde:

«Ma come fai a sapere queste cose?»

Non le rispondo, anzi con decisione la tempesto di domande fondamentali per le indagini:

«Quali sono le motivazioni per cui il santone milanese è entrato nella setta? Come faceva a conoscere questo territorio? Se il suo obiettivo è l'acquisizione delle centrali, perché non ha semplicemente cercato di acquistare le centrali senza sporcarsi le mani? Che ruolo e che vantaggi hanno quei creduloni della setta?»

Angela si è chiusa nuovamente in sé, poi tutto di un tratto incomincia a parlare, sembra quasi assente, risponde con gli occhi chiusi:

«La setta è servita al santone per reclutare le persone accecate dalla magia nera e dopo un accurato lavaggio del cervello li sfrutta per compiere atti intimidatori e violenze in valle e non solo in nome di uno spirito che li proteggerà un domani dopo la morte.»

«Questo vuol dire che questo professore è uno di

loro?»

Non mi risponde, mi fa solo capire con la testa di non volermelo dire. A questo punto alzo la voce:

«Chi è il professore?»

Si alza di scatto dal divano e si dirige verso la porta d'entrata, la spalanca e mi invita ad andarmene.

«Fuori da casa mia!»

«Sei una testarda» le rispondo.

«Tu non capisci in che situazione sono io.»

«Non capisco? Lo capisco molto bene. Questo tuo atteggiamento è inconcepibile, in una prima fase mi parli di magia bianca, poi scopro che in realtà sei coinvolta attivamente in una setta, poi mi segnali un attentato al commissariato e ora proteggi l'elemento più pericoloso della banda che potrebbe vendicarsi su di te? Perché? Tu stai proteggendo dalla legge dei criminali, e questo è un reato. Ho abbastanza prove per arrestarti.»

A questo punto alza la testa e mi guarda negli occhi, ha la sclera rossa sangue.

«Nessuno sa chi sia il professore a parte me e il santone, per questo se dovessi rivelare le sue generalità sarebbe la mia condanna a morte. Come fai a non capire perché ti ho informato dell'imminente attentato al commissariato? E per lo stesso motivo ti avevo chiesto di starne fuori da queste indagini. Ho fatto tutto questo perché sono innamorata di te, ogni giorno penso a te, ho paura che ti facciano del male e se questo dovesse accadere non me lo perdonerei mai. Ogni volta che ti vedo, rimpiango quel giorno che mi sono infilata in questa situazione.»

Rimango di ghiaccio, la situazione è tesa, ci mancava pure una dichiarazione d'amore così straziante, non posso abbassare la guardia e lasciarmi andare come in una storia d'amore che si conclude tra baci e abbracci ma devo replicare mantenendo le distanze.

«Apri gli occhi, Angela, ti ripeto: se tu ci rivelassi il nome, questo finirebbe in galera per omicidio, tutto il resto ora non conta nulla.»

«Tutto il resto non conta nulla? Vergognati!»

Niente da fare, è proprio testarda.

Di scatto Angela allunga entrambe le braccia tese con i pugni chiusi verso di me in segno di resa e pronta a farsi mettere le manette ai polsi. La mia reazione è immediata, istintiva, quasi violenta. Non riesco a resistere, uno schiaffo sulla guancia sinistra determina la fine della conversazione.

Neanche una piega da parte sua, sono sempre più convinto che a volte faccia uso di stupefacenti, la vedo troppo spregiudicata e assente.

Non faccio in tempo a uscire che sento dietro di me la porta d'ingresso sbattere, non mi rimane altro che percorrere il viale che porta alla macchina e rientrare in ufficio. A tempo di record percorro i tornanti che mi riconducono in città, seguo il viale Azari verso Pallanza, rimango bloccato al semaforo all'altezza dell'entrata della Montefibre, gli operai escono incolonnati dalla fabbrica, chi in macchina, chi in bicicletta e chi attraversa la strada a piedi. Ognuno con la sua borsetta al seguito, sembrano tante formichine che escono dal proprio nido a testa bassa con un'andatura spedita con ben in testa il tragitto da percorrere.

Arrivo sul lungo lago, lascio la macchina nei pressi del commissariato, entro e mi dirigo verso il mio ufficio.

Bussano alla porta, è Marco, tra le sue mani il foglio con i nomi dei proprietari delle macchine presenti nei pressi della villa della strega dell'altra notte.

La lista parla chiaro, le nostre indagini in atto sono giuste, Pierino Patrelli, Angelo, Federico Costanzo, l'ingegnere titolare dell'azienda di Milano e Angela.

Le altre tre persone non le conosco, stando a quanto detto dall'ingegnere Costanzo in versione santone, il professore non è tra questi nomi, poiché il Costanzo chiedeva un suo intervento vista la situazione.

Chiamo il questore e dopo averlo portato a conoscenza delle ultime novità gli espongo la mia intenzione di chiudere il cerchio e arrestare tutti gli appartenenti alla setta, bisogna bloccare una ulteriore sequenza di violenza. Per l'ennesima volta farei un'azione in contemporanea per i principali componenti della setta.

Marco e Fausto andranno a Milano con la guardia di finanza che, oltre ad aver trovato una traccia su alcuni fascicoli sul loro interessamento alla centrale di Ramello, ha riscontrato una frode fiscale di una certa importanza.

Filippo e Claudio andranno ad arrestare Angelo, io e Stefano andremo dal Pierino Patrelli, valutato il più ostico, sicuramente il più pericoloso.

Domani mattina alle 8.00 agiremo tutti contemporaneamente.

Rientro a casa percorrendo a piedi il lungo lago, ho bisogno come spesso accade di scaricare la tensione, ho il cervello ancora sulle operazioni di domani, non riesco a staccare la spina e a rilassarmi, visto che domani ci aspetta una giornata intensa.

Ho chiesto e ottenuto dal questore l'autorizzazione di agire in un secondo tempo e senza troppa pubblicità all'arresto di Angela, visto che ha collaborato nello sventare l'attentato al commissariato.

13.

Ore 5.00 del mattino, sono già in ufficio, i miei ragazzi stanno per partire per Milano. Come un buon padre di famiglia, mi assicuro che tutto sia pronto.

Ore 7.00 arriva il resto dei ragazzi. Consegno a loro i documenti per l'arresto di Angelo, per l'esattezza Cerutti Angelo.

8.30, arriva anche Stefano, che eseguirà con me il terzo arresto. Partiamo, le squadre dovranno agire autonomamente, ognuna con un piano ben studiato, tutto dovrà andare liscio come l'olio. Unica cosa decisa insieme è l'orario: alle 8.00 effettueremo gli arresti.

Arriviamo di fronte alla casa del Patrelli, notiamo subito la sua macchina, che ci conferma la sua presenza in casa. Suoniamo e aspettiamo invano l'apertura della porta.

«Stefano, qualcosa non va.»

Effettuiamo entrambi un paio di passi indietro e incominciamo a guardarci intorno, ci spostiamo uno a destra altro a sinistra della casa per capire se il Pierino stia cercando una fuga dalla porta che conduce al giardino. Nessuna traccia di lui, forziamo la porta posteriore ed entriamo, immediatamente sentiamo un rumore riconducibile alla porta d'entrata principale chiusa con fretta. Percorriamo di corsa l'interno dell'appartamento, non c'è nessuno in casa, usciamo dalla porta principale, il Pierino ci ha fregati come dei pivelli, lo intravediamo dall'altra parte della strada, si è portato nei pressi della sua macchina, con tutta fretta lo vediamo maneggiare con le chiavi per aprire la macchina. Dopo alcune imprecazioni riesce ad aprire la portiera, lo vedo in difficoltà per accendere la macchina, probabilmente per la foga di scappare.

Usciamo dalla porta e ci accingiamo ad attraversare la strada di corsa, una grossa fumata nera dal tubo di scappamento ci fa capire che, malgrado una prima incertezza, la macchina si è messa in moto. Pierino effettua una retromarcia senza guardare dove stia andando. Un'assurda manovra, forse decisa dal panico, la macchina si dirige proprio verso di noi, ci prende di sorpresa, grido in direzione di Stefano, un grido disperato, capisco che la situazione si sta per trasformare in tragedia. Mi lancio a sinistra intuendo che mi avrebbe investito, Stefano non fa in tempo a spostarsi e viene preso in pieno. Un tonfo metallico mi fa temere il peggio, seguito dal fischio secco dovuto alla sgommata della macchina che riparte per cercare una fuga. Fuga che dura pochi secondi a causa dello scoppio delle quattro ruote, provocato dai triangoli chiodati posizionati da Stefano sulla strada quando eravamo appena giunti sul posto, quasi come se avesse avuto un presagio.

Stefano è a terra svenuto, lo chiamo, non mi risponde, alle mie spalle sento la portiera della macchina aprirsi, mi volto e vedo il Pierino scappare a piedi.

«Farabutto, dove scappi? Hai ammazzato un uomo!»

Ora le mie priorità sono cambiate, l'unico mio pensiero è quello di aiutare Stefano.

Dopo un paio di sberle, Stefano incomincia a brontolare, si lamenta, è vivo.

«Santo cielo, Stefano, che paura che mi hai fatto prendere.»

«Che è successo, commissario? Non ricordo nulla.»

«Sei stato investito da una macchina.»

«Ahhh, la gamba!»

Perde sangue da varie parti del corpo, l'impatto è stato tremendo, noto la gamba sinistra molto gonfia con il piede girato in modo innaturale, temo che si tratti di una rottura scomposta.

Incomincio a gridare aiuto mentre cerco di consolare Stefano, preso da fitte di dolore.

Passano cinque minuti, forse dieci, non so, sento suonare una sirena in lontananza, è un'ambulanza, qualcuno ha chiamato i soccorsi. Le grida di Stefano sono di dolore durante il prelevamento con una barella da parte dei soccorritori.

L'ambulanza si allontana in direzione dell'ospedale, io rimango sul posto in ginocchio sull'asfalto provato dalla situazione.

Arriva una seconda ambulanza, l'infermiere mi convince ad andare in ospedale per un controllo, io sto bene, accetto più che altro per stare vicino a Stefano.

Arrivo all'ospedale, scendo in maniera autonoma dall'ambulanza, ho i calzoni e la camicia strappati, mi dirigo verso il pronto soccorso, gli infermieri cercano di fermare la mia marcia verso la stanza dove è stato portato Stefano. Mi bloccano proprio di fronte alla porta d'ingresso.

«Si calmi, per cortesia, diamo tempo ai dottori di valutare cosa si è fatto il suo collega.»

Ascolto l'infermiere, mi siedo su una sedia nei paraggi e attendo.

Passano dieci minuti, tutto tace, sento del chiacchiericcio in lontananza, una porta aprirsi e subito dopo un rumore di persone che corrono. Alcuni secondi e tutto diventa più chiaro.

«Commissario, come sta?»

Spaventati, praticamente tutti i miei ragazzi presenti in città si sono catapultati qui per capire cosa è successo. Passano cinque minuti e arriva con mio stupore anche il magistrato D'Onofrio.

«Sto bene, ragazzi, attendiamo di conoscere le condizioni di Stefano, temo che abbia una gamba rotta e che abbia subito un forte trauma alla testa.»

Passano dieci minuti, esce un dottore dalla stanza, spalanca gli occhi nel vedere tutti noi andargli incontro.

«Scusate, con chi posso parlare?»

«Dica pure, siamo tutti colleghi» dico.

«Stefano è fuori pericolo di vita, sono preoccupato per l'ematoma alla fronte, potrebbe perdere la vista da un occhio, bisogna aspettare che si sgonfi l'ematoma. Ha una rottura di tibia e perone scomposta, dovremo operarlo appena sarà possibile. Ora rimane qui, lo ricoveriamo al secondo piano. Ha bisogno di riposare.»

Siamo tutti rammaricati per l'accaduto. Firmo la liberatoria ed esco insieme ai miei ragazzi e ci dirigiamo verso il commissariato sconsolati.

***

Sono le 10.00, i ragazzi mi relazionano su come è andato l'arresto di Angelo, che non ha opposto resistenza. È stato consegnato alle autorità del carcere di Pallanza, rigorosamente messo in isolamento fino all'interrogatorio previsto nei prossimi giorni.

Siamo in attesa di notizie su come sia andata l'azione a Milano.

Sono le 11.00, suona il telefono, risponde Filippo, qualcosa non va:

«Commissario, una chiamata riguardante un incendio» dice con tono agitato.

«Avvisa i pompieri!»

Non capisco, spesso e volentieri chiamano noi del commissariato per gli incendi. Passa mezz'ora, suona nuovamente il telefono, Filippo risponde e subito dopo viene nel mio ufficio.

«Capo, sono i pompieri, chiedono un nostro intervento, l'incendio riguarda una casa in cima al monte Rosso.»

«Santo cielo! Angela!»

Partiamo in sirena in quattro, in un quarto d'ora percorriamo i tornanti del monte Rosso fino alla sbarra di Angela, è aperta, alzo gli occhi e vedo una colonna di fumo, non ci sono dubbi, si tratta di casa sua. Raggiunto il piazzale, scendiamo dalla macchina e di corsa ci avviciniamo alla casa. I pompieri cercano di entrare da una finestra, consapevoli di poter trovare qualcuno al suo interno. Non so che fare, il fuoco ha divorato tutto il tetto, è una torcia, sono stato uno stupido, avrei dovuto arrestare Angela subito, altro che aspettare.

«Angela! Angela!»

Dopo un'ulteriore mezz'ora di lavoro dei pompieri tutto è spento, ispezioniamo la casa, si è salvato ben poco. L'odore è acre, gli occhi bruciano per il fumo che continua a fuoriuscire ovunque, i muri sono completamente neri e c'è una strana ragnatela nera sparsa su tutto il soffitto, in particolar modo negli angoli. Del salotto è rimasto ben poco, quattro ferri e le molle del divano, il resto è sparito, bruciato. Il corridoio che porta allo studio di Angela è di un colore unico, il nero, non esistono più le decine di immagini dei suoi gatti morti.

Entro in quello che rimane dello studio di Angela e faccio la triste scoperta, dietro alla sua scrivania carbonizzata c'è quello che rimane di un corpo: terrificante come si riduce una persona quando è coinvolta in un incendio, sembra più piccola, alcune parti del corpo sono carbonizzate, altre sono gonfie, faccio fatica a guardare quello che rimane, è irriconoscibile, non sono sicuro che possa essere lei, ma è difficile pensare che non lo sia.

Cerco di ispezionare quel piccolo corpo per trovare qualche indizio, qualche certezza. Pochi secondi, non di più, e ogni speranza svanisce, lo sguardo mi cade sul polso destro, dove lei portava una decina di braccialetti d'argento, li riconosco, ora sono neri, opachi, non luccicano più. Non ci sono dubbi, è Angela.

Esco dalla casa piangendo. Mi dirigo verso la fontanella del giardino per bere, incomincio a piangere, mi sento responsabile dell'accaduto. Sento Filippo alle mie spalle, si avvicina e mi aiuta ad alzarmi, sono piegato su me stesso. È stato un imperdonabile errore lasciarla sola dopo aver sentito con le mie orecchie quel farabutto ordinare la sua condanna a morte.

Angela era convinta di essere al sicuro, perché si

sentiva indispensabile per la setta, ma non è stato così, era stato ordinato di punire chi avesse tradito, qualcuno ha eseguito l'ordine. Rientriamo in casa, i pompieri hanno coperto il corpo di Angela, rannicchiato su se stesso, come segno di difesa dal fumo, dal calore e dalle fiamme.

Alla porta d'entrata è arrivato il magistrato, si avvicina al corpo, alza molto lentamente il lenzuolo scoprendo il viso e il braccio, è un'immagine forte per D'Onofrio e ricopre immediatamente il cadavere. Tornato lucido dallo shock iniziale, ho purtroppo avuto la conferma che il corpo ritrovato è di Angela. Un'ulteriore prova inconfondibile me l'ha data il grosso anello al dito medio della mano destra. Il magistrato, guardandomi negli occhi, mi sussurra con una voce provata:

«Andiamo, commissario, lasci qui i suoi ragazzi e la scientifica, venga con me.»

Una lunga chiacchierata mentre percorriamo più volte la strada sterrata che costeggia la casa, per capire quali saranno le prossime mosse per trovare chi ha compiuto questo assurdo omicidio. Mi porta a conoscenza che l'arresto di Milano è stato eseguito come previsto, ora l'obiettivo rimane quello di trovare la mano violenta del gruppo, il cosiddetto professore, probabilmente colui che esegue le punizioni. Bisogna partire da zero, ricostruire tutti i tasselli che ci hanno portato fino a questi arresti e capire qual è quello mancante che ci porterà dritti al professore. Solo a quel punto potrò dichiarare scacco matto. Cerco Filippo, che nel frattempo è rientrato nella casa bruciata per cercare qualche prova. Decido di rientrare in commissariato, il viaggio di ritorno è un calvario. Una volta in ufficio, rimango il tempo necessario per compilare una relazione richiesta da D'Onofrio. Passa una ventina di minuti, non ho voglia di incrociare lo sguardo con nessuno, rientro a casa a piedi. Sta piovendo, non ho l'ombrello ma non importa, devo camminare per scaricare la tensione e l'angoscia di una brutta giornata. Entro in casa, sono bagnato come un pulcino, vado direttamente sotto alla doccia calda per riprendermi dal freddo.

Ceno con Teresa, condivido con lei la giornata e infine, stanco morto, crollo appena mi sdraio sul letto.

14.

Mi sveglio presto, mi alzo e vado in cucina a preparare la colazione, mi siedo sul divano con il mio caffelatte fumante, è troppo caldo. Lo sguardo è fisso in attesa dell'ennesima alba. Ognuna è diversa dall'altra, l'intensità della luce e del colore dipende dalla stagione e dal filtro delle nuvole che la rendono unica, ora la temperatura del caffè è accettabile e lo sorseggio con lo sguardo fisso e pensieroso, il cervello mi sta riproducendo il cortometraggio della giornata di ieri.

Alle 8.30 sono in ufficio, trovo sul mio tavolo il solito mazzetto di buste da leggere. Bolletta della luce, assicurazione dello stabile e… una lettera senza mittente. Una scarica di adrenalina mi colpisce, capisco immediatamente chi sia il mittente visto che non è la prima volta che ne ricevo una. La apro con delicatezza, estraggo il foglio piegato in quattro parti, è Angela che scrive. Mi cade subito l'occhio sulla data, è stata scritta il giorno dopo la riunione della setta, presso la villa della strega. Questo mi fa pensare che Angela si aspettasse una punizione. All'interno di questa lettera, oltre a congratularsi con me per come sia riuscito a portare avanti le indagini, si scusa per come si era comportata durante l'ultimo nostro incontro, ammettendo di aver sbagliato ad affiliarsi a quelle persone, che hanno sfruttato il suo potere di stabilire un contatto con l'aldilà per attrarre dei soggetti creduloni e renderli succubi a tal punto da essere disposti a far tutto per i loro scopi, che nulla avevano a che vedere con lo spirito iniziale del gruppo. Aggiunge che sa di dover pagare per gli errori fatti e che avrebbe atteso il suo momento a casa. A questo punto conclude la lettera con lo stile che la distingue, mettendomi alla prova un po' come aveva sempre fatto durante i nostri incontri: "*A proposito, visto che quando leggerai questa lettera io sarò in prigione o morta, ti lascio un indizio su chi sia il professore. Un bacio, tua, Angela*". Giro il foglio e qui trovo scritto l'indizio annunciato: "*Il professore è una persona tranquilla, timida, che non lascia trapelare la sua cattiveria quando il santone gli ordina di punire una persona. Ha due passioni, la storia antica e i tatuaggi. Sulla scapola sinistra ha tatuato dei leoni senza testa di Micene. Buone indagini, commissario! Un bacio. Tua, Angela*".

Tra una lacrima e l'altra non può che spuntarmi un sorriso di fronte a un finale inatteso. Nella drammaticità della situazione riesce a trovare il modo per tenermi sulle spine. Come il sole che sbuca da un cielo che ha appena messo in scena un temporale, mi sento rigenerato e pronto a continuare le indagini per assicurare alla legge questo criminale. Mi alzo di scatto ed esco dall'ufficio.

«Marco, vieni subito qui!»

Tempo dieci secondi e il mio vice si presenta da me.

«Eccomi, capo, dimmi pure.»

Gli mostro la lettera di Angela, dopo averla letta con attenzione si sofferma sugli indizi lasciati, in particolare sul tatuaggio, e si lascia andare una battuta:

«Certo che queste persone sono proprio senza testa.»

«L'umorismo inglese non ti fa un baffo, Marco.»

«È una battuta, capo, certo che nella leggenda della valle ci sono le ombre delle persone decapitate, la setta che espone teste decapitate di animali, ora i leoni di Micene che sono senza testa.»

«Marco, tu che sei giovane e hai fatto le scuole alte: ma questi leoni di Micene da dove saltano fuori?»

«Ah ah, commissario, saltano fuori dalla Grecia, la Porta dei Leoni di Micene era l'accesso principale della cittadella nell'Età del bronzo.»

«Sono un commissario fortunato ad avere un vice "studiato" come te, ah ah ah.»

Suona il telefono, rispondo immediatamente, è D'Onofrio, mi porta a conoscenza che il Pierino si è consegnato ai carabinieri. Quel vigliacco deve invecchiare in carcere per quello che ha fatto.

Passano i giorni e le settimane, gli interrogatori agli attivisti della setta non portano a nessun indizio utile per arrivare a mettere le mani sull'ultimo personaggio della vicenda ancora in libertà: il professore.

Intanto in Italia la situazione non è delle più rosee, è lunedì 1° maggio, Festa dei Lavoratori. C'è poco da festeggiare, nelle grandi città cortei e scontri con la polizia, striscioni esposti nelle piazze fanno riferimento a Moro e sono contro il terrorismo, ma ancora tutte le ricerche per cercare lo statista rapito sono vane e il gazzettino giorno dopo giorno è sempre più pessimista sul rilascio dello stesso. A Verbania un corteo composto attraversa la città, veniamo rassicurati dagli organizzatori che qui da noi non ci saranno problemi di ordine pubblico.

15.

Finalmente dopo quasi un mese di ospedale Stefano viene dimesso. Ha recuperato la vista, mentre la tibia e il perone sono in via di guarigione. Le stampelle sono d'obbligo. Lo attendo fuori dall'ospedale, come lo vedo varcare la porta d'uscita gli vado incontro, è in difficoltà con il suo peso, muoversi con le stampelle non è un gioco da ragazzi, lo vedo litigare con la borsa portata a tracolla che gli ostacola lo spostamento. Lo abbraccio in modo fraterno e lo aiuto portandogli la borsa delle dimissioni dall'ospedale. Dopo qualche secondo, Stefano torna serio, mi guarda negli occhi e senza pensarci due volte mi sussurra: «Quand'è che andiamo a far visita a quel farabutto?».

Rimango impietrito, sorrido e con sarcasmo rispondo:

«Ma dove vuoi andare con le stampelle, Stefano?»

«Non preoccuparti, sono autosufficiente e poi ho un conto in sospeso con quella persona.»

«Stefano, il Pierino è in galera per tentato omicidio e

una serie di reati, quando sarà il momento verrai chiamato dal giudice per una testimonianza.»

«Certo, voglio guardarlo negli occhi.»

«Ogni cosa a suo tempo.»

«A proposito, commissario, ti devo ringraziare per avermi salvato la vita. Non me ne ero accorto che mi stesse investendo, il tuo urlo mi ha fatto prendere coscienza di quello che stava per accadere e sono riuscito in parte a spostarmi, altrimenti sarei morto sul colpo.»

Lo abbraccio per la seconda volta, poi lo guardo con un mezzo sorriso e in tono scherzoso dico:

«Siamo pari, Stefano, non penserai mica che mi sia dimenticato del fatto di Cicogna?»

Concludiamo insieme questo primo scambio di vedute con una risata. Lo faccio salire in macchina e lo accompagno in commissariato, dove i ragazzi gli hanno preparato una festa. Come entriamo in commissariato viene stappata la prima bottiglia di spumante, lui, sorpreso, lascia intravedere qualche lacrima per l'emozione, si aprono le danze, il banchetto dolce-salato azzittisce tutti per una buona mezzoretta, di seguito il tema rimane lo stesso di ogni dopo banchetto: donne e lavoro.

***

Passano i giorni, dopo la prima settimana di maggio la città si tinge di svariati colori che vanno dal bianco al rosa, dal rosso al giallo, cespugli di azalee sono quasi al culmine del loro splendore, è perfino un peccato poi vederli sfiorire nel giro di quindici, venti giorni, sempre che non ci pensi prima la pioggia intensa, che spesso fa da cornice a questa città.

Siamo al 9 maggio, tutto fila liscio, un furto di un'auto francese mette scompiglio in commissariato, nessuno sa parlare francese, riusciamo a venirne fuori grazie all'intervento della parrucchiera di via Ruga, assunta per l'occasione come interprete. Certo che saper almeno le regole base di una seconda lingua non sarebbe una cosa sbagliata.

Alle 13.00 sono a casa con Teresa, di fronte a un piatto di carbonara, la mia preferita, televisore acceso su Rete 1 per il telegiornale. Noto confusione e tensione in studio, un secondo giornalista entra in diretta televisiva, mai vista prima una situazione analoga, consegna un foglio al collega conduttore del telegiornale. Il giornalista è in difficolta, dopo aver letto alcune righe alza gli occhi in direzione della telecamera, cerca di accennare una frase, ma si ferma immediatamente, cerca una conferma dalla regia. Tutta questa confusione non fa pensare a nulla di buono. L'epilogo e straziante mentre il giornalista finalmente legge la notizia cala un gelo su tutta la nazione. Dal fermo immagine alle spalle del giornalista si intravede un corpo disteso nel baule di una Renault 4.

Oggi, 9 maggio, Aldo Moro è stato ucciso.

***

In casa non gira una mosca, sono sconcertato, non nego di dovermi trattenere dal piangere, rimango immobile per una quindicina di minuti. Le immagini mostrano un continuo movimento nei pressi della Renault 4 dove è stato ritrovato il corpo dello statista. Sfilano politici e divise con le stellette di fronte a quel baule così divisorio sull'esito della vicenda, sembra quasi che tutti si vogliano accertare della morte dello statista.

La fame mi è passata, la carbonara può attendere. Sorseggio un bicchiere di acqua, mi alzo dalla tavola ed esco di casa a piedi, percorro tutta la strada che porta al commissariato con un frastuono in testa, sono confuso, amareggiato. Mi fermo su una panchina di fronte al lago, ho alle mie spalle il Palazzo di Città, sede del potere cittadino.

Quello che è successo è un colpo al cuore per l'istituzione, di riflesso mi sento ferito anch'io. Sono convinto che questo ingiusto epilogo darà una scossa a tutte le istituzioni, che insieme reagiranno e faranno capitolare il male che sta affliggendo il nostro Paese.

***

Il tempo vola, oramai il caldo è alle porte, dopo una lunga attesa il 2 giugno è arrivato, mi alzo dal letto, faccio colazione, mi dirigo presso un negozio che vende i televisori a Intra in zona stadio.

«Buongiorno, vorrei acquistare un televisore a colori.»

«Buongiorno, abbiamo due marche a disposizione: Grundig o Sinudyne.»

«Immagino che Grundig sia tedesca, invece Sinudyne è italiana?»

«Sì, è un'azienda emiliana.»

«La voglio.»

«Bene gliela portiamo a casa noi domani mattina, mi dica dove abita.»

«No, mi spiace, io la voglio portare a casa subito, questa sera deve essere funzionante.»

Il venditore non fiata, mi vede troppo deciso e per non perdere il cliente, mi promette che nel primo pomeriggio mi suonerà alla porta di casa per portarmi il gioiellino.

Vado in commissariato, chiamo tutti a rapporto nel mio ufficio e una volta seduti estraggo dalla borsa una confezione di biscotti e una bottiglia di spumante e brindo con i miei ragazzi.

«Capo, ma per cosa brindiamo?»

«Bevi, Filippo, questa sera siete tutti invitati da me, ho comprato il televisore a colori.»

Segue un applauso scrosciante, tutti i ragazzi

entusiasti, inizia una nuova era. Gli anni Settanta stanno per finire, il benessere è sempre più presente nelle case degli italiani.

Sono le 20.00, alla spicciolata arrivano tutti i ragazzi, Teresa ha preparato delle teglie di pizza e al fresco è disponibile della ottima birra. Tutti pronti, siamo seduti in sala, non prima di aver dato un'occhiata da vicino al nuovo televisore. Suonano alla porta, mi alzo e vado ad aprire.

«Che bella sorpresa, Stefano!»

«Commissario, non potevo mancare alla prima accensione, ah ah ah.»

«Ti vedo bene, senza stampelle.»

«Sì, va abbastanza bene, ecco qui qualche birra fresca.»

Siamo tutti pronti, sono le 20.30, è ora di accendere la tv a colori, inizia la prima partita del mondiale di calcio in Argentina: Italia - Francia. Per la prima volta grazie al televisore a colori sono sparite le multi-scale del grigio e ci gustiamo i colori reali delle immagini, che emozione vedere l'Italia con la maglia azzurra, il campo di gioco verde e gli spalti pieni all'inverosimile, ci mostrano una moltitudine di colori. Due strepitosi goal ci fanno sobbalzare sulle sedie e abbracciarci con passione e gioia. Splendida serata che si replicherà anche nelle successive partite di una fantastica estate.

***

Giugno è volato via, siamo agli inizi di luglio, vengo convocato dal magistrato D'Onofrio nel suo ufficio, mi appresto ad andare all'appuntamento, ci vado a piedi, due passi mi faranno bene.

Passo per via Madonnina, via parallela di viale Azari, la via principale di Pallanza. Oltre a essere più breve è in parte all'ombra, vista la torrida giornata di luglio, la ritengo un'alternativa perfetta. Sulla mia destra le serre storiche dei fioristi di Pallanza, a sinistra il retro delle ville che si affacciano sul viale Azari. Eccomi dopo aver percorso via Madonnina attraverso la statale e mi ritrovo di fronte al tribunale di Pallanza. Entro, salgo le scale, arrivo al primo piano, percorro il corridoio a sinistra, arrivo di fronte all'ufficio della sua segreteria, lì ad aspettarmi c'è proprio Carla.

«Buongiorno commissario, il dottor D'Onofrio la sta aspettando, entri pure.»

«Grazie mille, signora.»

Non perdo tempo ed entro nel suo studio.

«Dottor D'Onofrio buongiorno, eccomi qui.»

«Commissario, sempre puntuale, si sieda che ho bisogno di chiederle alcune cose.»

Dopo uno scambio di pareri sulle problematiche cittadine attuali, il magistrato mi chiede il punto sulle indagini e sull'attuale stallo per quanto riguarda gli omicidi del povero Rolando e di Angela. Me l'aspettavo, mi sento quasi in colpa per la situazione, gli arrestati non hanno confessato, anzi continuano a sostenere di non conoscere il presunto omicida e dopo quindici giorni di cella sono stati rilasciati tutti tranne il santone di Milano. Noto la preoccupazione del magistrato, decidiamo di fare oggi stesso un ulteriore sopralluogo nella centrale bruciata ancora sotto sequestro per valutare se togliere i sigilli.

Eccoci qui, il paese è semideserto, il caldo non lascia alternativa alla popolazione, o rinchiusi in casa o al fiume, sul muraglione della centrale bruciata che forma un laghetto artificiale dove i più piccoli si tuffano in continuazione sotto stretto controllo di alcune mamme, i ragazzotti prendono il sole più a valle tra le rocce seminascosti, scoprono il magnifico momento dei primi innamoramenti.

Nel piazzale adiacente alla centrale bruciata è in corso tra i ragazzi più grandi una partita di calcio, sotto il sole cocente a torso nudo, in costume. Entriamo nella centrale, come pensavo, non ha più senso tenere i sigilli, tutto è oramai in degrado, rimaniamo solo pochi minuti e usciamo in silenzio. Forse entrambi speravamo di trovare qualche ulteriore traccia utile per le indagini, ma non è così, nessun colpo di scena.

Usciamo, stacchiamo il cartello del sequestro ancora intatto e ci apprestiamo a rientrare in città, stringo in pugno il cartello staccato per scaricare un attimo di rabbia dovuto a questo atto che sancisce la resa del caso. Percorriamo il vialetto che costeggia la centrale stando attenti a non ricevere una pallonata dai ragazzi che imperterriti sotto il sole giocano a calcio. Non so se per l'eccessivo caldo o per la vecchiaia che avanza, incomincio a sudare, in modo anomalo, un sudore abbondante ma freddo, un secco colpo di vento improvviso mi spettina. Strano, visto l'assenza totale di vento fino a ora. D'istinto volto la testa dalla parte opposta per cercare di limitare i danni.

Per evitare di spettinarmi? Strano, non mi sono mai fatto tutti questi problemi, sarà un messaggio, magari inviato dall'aldilà. Sta di fatto che questa mia nuova visione dovuta allo spostamento repentino della testa mi ha generato uno scenario probabilmente risolutivo.

Di fronte a me ho a circa cinque metri l'arbitro della partita che, dopo un fallo di gioco, fischia il rigore. Caos in campo, i componenti delle due squadre arrivano quasi alle mani, mi fermo, qualcosa mi ha colpito, non materialmente ma visivamente. Un'immagine non chiara, sfocata. Mi ha incuriosito. Mi fermo, guardo la zuffa che è scoppiata senza intervenire, non sono interessato a quello che sta accadendo, ma sono come bloccato, i miei occhi scrutano, cercano di intravedere tra i corpi dei ragazzi un'immagine che non so definire.

«Commissario, ma che fa lì fermo? O interviene per sedare la rissa o ce ne andiamo da qui, fa caldo e con tutta quella polvere alzata da quei ragazzi ci sporchiamo.»

«Mi dia un minuto, dottor D'Onofrio, solo un minuto.»

Finisce la zuffa tra i ragazzi, il polverone si dissolve, cerco di mettere a fuoco la situazione, un brivido di adrenalina mi percorre tutto il corpo e per istinto mi viene da gridare in direzione dei ragazzi:

«Ha ragione il professore, è rigore!»

Un gelo improvviso che dura alcuni secondi per i ragazzi, per me sono minuti.

«Ma chi è lei per dire che è rigore?» mi domanda stupito uno di loro.

Un attimo di difficoltà, poi rispondo:

«È rigore e basta!»

Entro in campo spinto da una forza strana, quasi non mia, mi avvicino all'arbitro, lo riconosco, lo guardo negli occhi, poi lo squadro dalla testa ai piedi, con la scusa che è sporco sulla schiena, lo invito a girarsi e con una flemma indifferente gli do un paio di pacche sulle scapole per ripulirlo dalla terra, ma è chiaro che è solo un modo per osservare da vicino il tatuaggio che ha sulla scapola. Non ci sono dubbi, è l'uomo che sto cercando, lo "scacco matto" che tentavo di trovare da mesi all'improvviso si materializza qui di fronte a me. L'arbitro mi riconosce, non esibisce nessun tipo di timore, anzi mi ringrazia, sorride e rafforza la sua decisione ripetendo:

«Come già detto, è rigore!»

Tornata la calma in campo, saluto i ragazzi presenti, raccomando loro di proseguire la partita in modo tranquillo, cercando di essere corretti, perché fondamentalmente è un gioco. La partita riprende con il calcio di rigore, il fischio, la rete che si gonfia, palla al centro. I ragazzi sono ignari che tra di loro si trova un assassino che ha le ore contate. Io mi volto e mi incammino convinto di aver le prove necessarie per incastrarlo. D'Onofrio capisce che qualcosa di strano sta per accadere.

«Commissario, cosa vuol dire quel mezzo sorriso che ha?»

«Bingo!»

«Non la capisco.»

«Incredibile, è tutto così strano. Quel breve ma forte colpo di vento che mi ha fatto girare la testa d'istinto mi ha risolto il caso.»

«Ma che caso?»

«Come? Per quale motivo siamo venuti fin qui?»

«Commissario, lei mi fa spazientire quando fa queste mezze frasi senza farsi capire.»

«Le spiego in macchina, dottor D'Onofrio.»

Ci avviciniamo all'auto, apriamo gli sportelli, temporeggiamo a entrare, la temperatura interna è troppo alta, lasciamo le portiere aperte per qualche minuto. Noto il magistrato con le mani in tasca e il viso rivolto verso il basso, sembra pensieroso, tentenna alcuni secondi per poi incamminarsi verso di me, passa solo qualche istante e me lo ritrovo di fronte, si guarda in giro per vedere che nessuno sia in zona, poi alza la testa e da dietro gli occhiali scuri mi guarda fisso negli occhi e mi sussurra:

«Mi vuol spiegare cosa si è inventato questa volta?»

Gli spiego il tutto durante il viaggio di rientro in città, dalla sensazione di sudare freddo, al colpo di vento alla visione di un tatuaggio sulla spalla. Lui è scettico, ma conclude dicendomi:

«Segua il suo istinto, se ha bisogno di me, sa dove trovarmi.»

Così ci lasciamo dopo una stretta di mano, lo vedo scendere un po' affaticato, avrà quattro o cinque anni più di me, il tempo passa anche per lui. Carico come non mai il rientro a piedi dal tribunale verso casa è velocissimo.

Alle 14.30 sono in ufficio, raduno tutti i ragazzi e li porto a conoscenza delle novità. Suona il campanello, è Stefano, su mio invito si è precipitato in commissariato. Marco è incredulo per la casualità del caso, ma soprattutto per la mia convinzione che non tutto sia fortuito, qualcuno dall'aldilà ci sta indirizzando verso la strada giusta.

«Ragazzi, ho un piano.»

In ufficio non si sente una mosca volare, tutti pronti ad assorbire come delle spugne le mie parole. Stefano lo vedo pensieroso, strano. Chiede di parlare prima che io inizi. Chiaramente glielo concedo, lo vedo triste, strano.

«Ragazzi, scusate, vi devo comunicare che i miei superiori mi hanno vietato di seguire nuove indagini con voi, visto cosa mi è successo l'ultima volta.»

Questa notizia non ci andava, Stefano è dispiaciuto, si alza dalla sedia, saluta e se ne va a testa bassa. Lo invito comunque a restare per portarlo a conoscenza del piano finale che ci condurrà allo scacco matto. Niente da fare, Stefano lascia il commissariato.

Continuo a esporre il mio piano, innanzitutto chiedo a Marco di poter vedere un'immagine di questi famosi Leoni di Micene, per essere sicuro che quelli tatuati sulla scapola del professore corrispondano. Poi bisognerà valutare dove abita e le abitudini che ha, solo quando tutto sarà chiaro e saremo sicuri che lui è il nostro uomo interverremo arrestandolo.

Divido i compiti tra i ragazzi e mi reco da Stefano in ufficio per valutare un suo reintegro.

Sono le 18.00, rientro a casa, devo dire che sono soddisfatto della giornata, mi godo la serata con Teresa, tra le vie della frazione di Suna, piccolo gioiello tra il lago e il monte Rosso, passiamo la serata a passeggiare tra le vie pedonali interne, così strette, così carine.

16.

Passati due giorni, bussano alla porta del mio ufficio, è Marco, in mano ha un libro, si avvicina alla mia scrivania.

«Ecco qui, commissario, direttamente dal libro di storia di mio nipote la foto dei famosi Leoni di Micene.»

Mi bastano pochi secondi per capire che il tatuaggio intravisto sulla scapola del presunto professore è proprio identico.

«Perfetto!»

Chiamo immediatamente il questore per fargli presente la situazione e che ho intenzione dopo un paio di giorni di appostamenti di intervenire con l'arresto del soggetto.

«Ma ne è sicuro, commissario?»

«Certo, il mio istinto mi dice che è ora di chiudere la partita.»

«Bene, Romano, avviso io il magistrato. Lunedì mattina agiremo.»

Organizzo gli appostamenti senza troppo esagerare, non bisogna rischiare di far capire qualcosa al soggetto.

Due al mattino pedineranno il professore e due al pomeriggio, venerdì tireremo le fila e decideremo dove arrestarlo.

Tutto fila liscio in questi due giorni, il soggetto al mattino si reca ancora a scuola, malgrado che le lezioni siano concluse. Forse fa delle ore di recupero o dei corsi di aggiornamento… Una cosa è chiara, il soprannome deriva proprio dal suo lavoro.

In un batter d'occhio siamo a venerdì, ci troviamo nel mio ufficio tutti quanti, il morale è alto, io tendo a mantenere la calma e cerco di non prendere alla leggera l'arresto. Decidiamo di non fare troppe scene e di arrestarlo a scuola, luogo facilmente controllabile e con poca gente in giro, visto che è chiusa. Lo faremo lunedì.

Sciolgo la riunione dando a tutti due giorni di ferie, tutti presenti lunedì mattina alle 7.00. Oramai siamo a metà luglio, sono ancora bianco come il latte, non sono riuscito ad andare in spiaggia con Teresa, domani sarà l'occasione giusta per aprire ufficialmente la stagione estiva.

***

Il fine settimana è volato via, è domenica sera, sono sdraiato sul letto, non riesco a prendere sonno, mi alzo e raggiungo il divano e rimango a guardare il Maggiore per una buona mezz'ora. La luna è alta, come spesso accade a quest'ora il lago è piatto, sembra che si sia addormentato. È l'1.00, mi alzo e torno nel letto, ho bisogno di dormire per essere lucido domani mattina.

Apro gli occhi, mi sembra di non aver neanche dormito, guardo l'orologio, sono le 6.00. Mi alzo, mi trascino verso la cucina, ho la schiena a pezzi, l'età che avanza, come di routine mi preparo il caffè, apro il barattolo, aspiro il profumo forte, aromatico del macinato, lo porziono nel filtro della caffettiera dell'omino con i baffi, che tra l'altro abita nella villa qui vicino a casa mia, una star, il re delle caffettiere. Il caffè che sale ha un suono inconfondibile, come una colonna sonora al termine di un film. In punta di piedi rientro in camera a prendere i vestiti, mi fermo sul fianco destro del letto, mi abbasso e accarezzo i capelli della mia amata in modo delicato, mi avvicino al suo collo e mi perdo per pochi secondi nel profumo della sua pelle.

Esco e accosto la porta per evitare di disturbarla durante le operazioni che mi appresto a effettuare prima di uscire di casa.

Esco a piedi, mattinata fantastica, neanche una nuvola in cielo, mi avvio in direzione del commissariato. Come spesso accade sul percorso che costeggia il lago, a farmi compagnia ci sono i soliti gabbiani turbolenti, litigano tra di loro per contendersi il pescato appena effettuato. Entro in commissariato, sono già tutti presenti, anzi no, Stefano sarà dei nostri contro il parere del suo comandante ma si farà trovare sul posto. Attendiamo il questore, come sempre vuole essere presente agli arresti "che contano". Vede lungo il questore, tutto deve filare liscio, tutto è utile per gli avanzamenti di carriera.

Eccoci qui, siamo fuori dall'entrata della scuola dove lavora il professore, ho sentito il preside venerdì pomeriggio, gli ho chiesto con una scusa banale di potergli parlare di persona, ho l'appuntamento alle 9.00. Non vedo Stefano, attendiamo qualche minuto poi decidiamo di entrare.

«Io, il questore, Filippo e Marco andiamo dal preside, gli altri presidiano le tre uscite dell'istituto.»

Saliamo le scale e intravedo vicino alla bidelleria il preside sorseggiare il caffè, ci vede arrivare, ha un accenno di tosse.

«Buongiorno commissario, l'aspettavo con sua figlia, invece lei si presenta qui a scuola con tre suoi colleghi. Ma che succede?»

È chiaro che "la figlia" era solamente una scusa per ottenere un appuntamento immediato, purtroppo non ho figli.

«Signor preside, avrei bisogno di parlarle nel suo ufficio, è urgente.»

«Mi fa spaventare così…»

«Non si preoccupi, non sono venuto ad arrestarla.»

Tempo un minuto e siamo nel suo ufficio, chiudo la porta e gli spiego per quale motivo siamo venuti a scuola.

«Commissario, ma come è possibile? È una brava persona, molto intelligente, educata.»

«Sì, educata e violenta.»

«Non ci posso credere…»

«Mi spiace ma è così, per cortesia, mi può indicare in che aula lo posso trovare adesso?»

«È proprio qui, tre aule a sinistra, nella 3ªC.»

«Grazie mille.»

Ci siamo, usciamo dalla presidenza e ci avviciniamo all'aula indicata dal preside, un leggero fischiettio proveniente dalle scale mi fa capire che Stefano è arrivato, temporeggio fino a vederlo, torno indietro e gli vado incontro.

«Ciao Stefano, tutto bene?»

«Sì, commissario, scusami del ritardo ma ero a un'esercitazione in montagna.»

«Bene, vuol dire che la gamba è guarita.»

«Ma sì, dai, devo dire che è all'80%. Scusatemi del ritardo.»

«Figurati, siamo arrivati anche noi ora. Ma cos'hai in quello zaino?»

«Nulla di che, alcune funi che ho utilizzato in montagna.»

«Bene, abbiamo indicazioni precise. Il professore si trova in aula per una lezione di recupero.»

«E in quale?»

«L'ultima in fondo al corridoio.»

«Bene, vai pure, commissario, io salgo di un piano per controllare.»

«Cosa?»

«Vai, ci vediamo dopo.»

Ci guardiamo negli occhi, un sorriso di entrambi sancisce l'intesa dell'azione che ha in mente Stefano. Ci voltiamo e ognuno di noi prende la propria strada, intanto io e i ragazzi percorriamo tutto il corridoio, le aule a destra e grossi finestroni che si affacciano sul cortile della scuola a sinistra. Siamo pronti a entrare, ognuno sa quello che deve fare. Bussiamo alla porta, percepisco in modo chiaro una voce a me famigliare.

«Avanti!»

Afferro la maniglia ed entro nell'aula, faccio due passi e vedo con la coda dell'occhio il professore, o meglio il professor Luca. È alla lavagna con un'alunna, ci vede ma facendo finta di nulla continua a scrivere con il gessetto, sembra quasi prender tempo. Niente da fare, imperterrito continua a scrivere sulla lavagna, si ferma e senza guardaci esclama:

«Buongiorno commissario, l'aspettavo!»

«Mi fa piacere, spero di non essere in ritardo» gli rispondo.

«Non si preoccupi, ogni momento è quello giusto, di cosa vuole parlare, di storia? Filosofia? Mi dica pure.»

«Direi storia, più precisamente di quella greca.»

«Ah ah, commissario, vede, a qualcosa sono servito anch'io, grazie a me si è avvicinato alla storia greca.»

«Non la vedo sorpreso per questa mia visita.»

«Vede, avrei potuto scappare, ma non ne avevo voglia,

ho sperato fino all'ultimo di riuscire a scamparla, ma non è stato così, un commissario testardo è riuscito ad arrivare a me. Mi dica, come ha fatto a capire che ero io?»

«Guardi, Luca, la prima volta che l'ho incontrata in questa scuola ero rimasto stupito dalla sua passione e dalla sua timidezza, mai avrei pensato cosa in realtà si nasconde dentro di lei. Ma perché ha ucciso suo zio?»

Ride. «Mio zio, mio zio era un idiota, avrebbe dovuto accettare l'offerta che gli avevano fatto, oramai come imprenditore era arrivato alla sua età senza nessuno spirito di iniziativa. Quella centrale poteva fruttare un sacco di soldi in più con un progetto di ammodernamento proposto dalla società milanese; invece lui si accontentava di mantenerla con una tecnologia oramai vecchia. Parliamo di tanti soldi offerti, avrebbe vissuto in completa serenità per tutta la vita e assicurato un futuro come direttore a suo nipote, che tra l'altro ne ha le scatole piene di insegnare. Invece no, a tutti i costi ha voluto fare di testa sua, bloccando il progresso della centrale. La punizione era l'unica strada da percorrere, mi creda. A proposito, lei ha una cosa che mi appartiene e la vorrei indietro.»

Capisco immediatamente di cosa si tratta, ma sto al gioco.

«E cosa?»

«Commissario, lei è troppo intelligente per non aver capito, sto parlando del mio ciondolo, quello che avete trovato nella centrale bruciata.»

«Mi spiace, è una prova, deve rimanere agli atti, gli atti che la inchioderanno al muro.»

«Atti? Ma quali atti, ognuno ha avuto quello che si meritava.»

Rimango basito per la freddezza con cui parla, il distacco con la realtà è totale.

Già che ci sono mi tolgo il secondo dubbio:

«E Angela? Perché era necessario uccidere anche lei?»

«Angela, quella stupida strega a un certo punto si è tirata indietro, i patti erano chiari: chi tradisce deve morire. E così è stato.»

Parla a ruota libera e io non mi fermo, ne approfitto:

«Si è lasciato plagiare da un invasato che gli ha promesso uno sporco posto da direttore.»

«L'ingegner Costanzo è un signore, avrebbe trasformato la valle in una miniera d'oro e invece per colpa sua, commissario, tutto il progetto è andato in fumo.»

«Professore, la dichiaro in arresto.»

«Già? Non vuole sapere come ho ucciso la sua bella

Angela? Ah ah ah.»

Lo guardo negli occhi, ha la faccia di un indemoniato, un sorriso macabro, quasi compiaciuto nel voler raccontare un drammatico aneddoto.

«Non è tempo né luogo.»

Mi avvio verso di lui con le manette in mano, lui arretra di un paio di metri estrae un coltello dalla tasca e afferra da un braccio la studentessa che le era vicino.

«Caro commissario, non è ancora ora, si allontani.»

Un grido di paura della studentessa rimbomba per tutta l'aula, ci fermiamo all'istante.

«Non fare stupidate, lascia andare la ragazza, non c'entra nulla.»

«E chi lo stabilisce? Lei, commissario?»

Faceva caldo, ora ancor di più. La ragazza, impietrita, lui bianco cadaverico, gli occhi grandi brillano, la bocca impastata, gli fuoriesce un filo di bava, sembra quasi in stato confusionale, trema come una foglia, balbetta e quel tremolio continuo gli fa sempre più avvicinare la lama del coltello alla gola della povera malcapitata. E ora che faccio?

«Luca, prendi me e lascia la ragazza, lei non c'entra.»

«Non mi frega con questo giochino.»

«E allora cosa vuoi fare?»

«Non lo so, ma qualcosa mi invento.»

Non ci andava, sento in lontananza delle sirene, qualcuno deve aver chiamato i rinforzi.

«Cosa sono queste sirene? Chi ha chiamato la polizia?»

«Luca, la polizia siamo noi, sarà l'ambulanza in caso in cui tu le voglia far del male.»

«Io non voglio farle del male.»

«Bene, allora lasciala andare.»

«Non posso.»

Luca è sull'orlo di una crisi di nervi, bisogna intervenire in un modo o nell'altro. Tento di avvicinarmi, ma noto che preme la lama sempre più contro la gola della ragazza. Faccio un paio di passi indietro e poi l'inaspettato: intravedo dietro di Luca una fune scendere pian piano sul balcone. Stai a vedere che…

Se il Luca se ne accorge è finita, provo a distrarlo e a tenerlo impegnato.

«Allora, vedo che stai tremando e non vorrei mai che senza volerlo tu faccia del male alla ragazza. Facciamo una cosa, io arretro di tre passi e tu allontani il coltello dalla gola della ragazza e poi incominciamo a parlare.»

«No, tu mi vuoi fregare.»

«Allora arretrerò di sei passi, così sarò lontanissimo da te.»

«Ok, ma se mi accorgo che mi vuole fregare, saranno guai per tutti.»

«Ok, perfetto.»

Arretro nuovamente di tre passi e il Luca come promesso allontana la lama dalla gola della ragazza. Incomincio a parlare, le spiego quanto sia bella la vita, divertirsi e stare insieme, in poche parole cerco di imbambolarlo. Nel frattempo, in modo assolutamente silenzioso vedo comparire Stefano a circa tre metri dalle spalle del Luca. Dal terrazzo del piano superiore si è calato e ha raggiunto il terrazzo alle spalle del Luca. Dalla mia prospettiva la visuale è completa, devo parlare in continuazione a Luca senza farmi distrarre da Stefano. Non so come coordinarmi con lui per trovare il momento giusto per farlo intervenire. Vado d'istinto.

«Luca, ora ti prometto una cosa, pensaci e rifletti: se tu abbasserai il coltello allontanandolo dalla ragazza, io ti farò passare.»

«Dov'è il trucco, dov'è?»

«Non c'è nessun trucco.»

Molto lentamente il Luca, tremando come una foglia,

abbassa al livello del suo bacino il coltello e io nello stesso momento mi sposto lateralmente come per invitarlo a passare. Ora il Luca lo vedo convinto, accenna mezzo passo in avanti e a quel punto Stefano, leggero come una piuma si avvicina alle spalle del Luca, non capisco come voglia intervenire. Oramai gli è proprio dietro, è un pazzo, mi viene voglia di chiudere gli occhi, ma insospettirei il Luca, che pian piano sta avanzando verso di me. Siamo al dunque, sono inerme, come quando due navi stanno per arrivare alla collisione. A differenza di una nave che sperona l'altra, cioè in un`colpo solo, Stefano è più delicato. Con il suo non proprio piccolo indice della mano sinistra tocca per due volte la spalla destra del Luca. Lui, non capendo cosa stia succedendo, socchiude gli occhi e irrigidisce i muscoli del viso e con un'ingenuità da ragazzino si gira. Non riesce a vedere nulla, un treno, un camion, un siluro, insomma il pugno destro di Stefano gli si presenta tra gli occhi quando ancora non si è completamente girato. Neanche un grido di dolore, il pugno lo stende senza lasciargli scampo. Luca cade a peso morto, ha perso conoscenza.

Tutto tace per qualche secondo, il silenzio è rotto da Stefano: «Scacco matto.».

La ragazzina si lascia andare a terra svenuta, chiamo i ragazzi che erano rimasti fuori.

«Acqua, portate un po' d'acqua» comanda il questore ai ragazzi.

Entra anche il preside in classe e senza pensarci due volte va in soccorso della ragazza. Ecco qui i miei ragazzi entrare con dell'acqua per lei. Stefano mi passa di fronte ed esce dalla stanza, lo guardo per alcuni secondi e dopo aver ricevuto una pacca sulla spalla, esce dall'aula e si allontana. La ragazza si riprende nel giro di pochi minuti, è ancora scossa, incomincia a piangere. Sentiamo movimento nel corridoio, è la Croce Rossa, chiede permesso ed entra per soccorrere i due coinvolti. La ragazza lascia l'aula con le sue gambe, il Luca giace ancora per terra, non reagisce.

«Scusate, per favore, fatemi passare e spostatevi un secondo.» È Stefano.

Avanza con un secchio d'acqua recuperato penso nei bagni dell'istituto e senza pensarci due volte lancia il contenuto in direzione del Luca ancora steso per terra. L'impatto dell'acqua è tremendo, il Luca di scatto incomincia a respirare come se stesse annegando. Da lì il rumore delle manette che si chiudono ai polsi del Luca è immediato.

L'intenzione dell'infermiere della Croce Rossa è di provargli la pressione e i battiti del cuore, ma con uno strattone gli impongo di alzarsi in piedi. Percorriamo il corridoio della scuola lasciando tutta una strisciata per l'acqua che cade dagli indumenti del Luca.

«Ora, Stefano, lo carico sulla tua di macchina, guarda com'è tutto bagnato.»

«Non ci sono problemi, commissario, ho un baule ampio.»

Siamo all'uscita della scuola, una piccola folla attende il nostro arrivo, l'ambulanza ha attirato dei curiosi. A malincuore Filippo fa salire il Luca sul sedile posteriore e successivamente gli si siede accanto. Io e il questore, seduti nella parte anteriore della macchina, partiamo in direzione commissariato.

Capisco dallo sguardo che il questore non sta più nella pelle, oramai il caso è quasi chiuso, rimane solo da capire come siano andati di preciso gli omicidi e riuscire a strappare al Luca il nome del mandante.

Tempo mezz'ora, suonano alla porta, il dottor D'Onofrio come un fulmine si è precipitato da noi per convalidare l'arresto e aprirgli le porte del carcere.

Rientro a casa all'1.00 di notte, tra la relazione della

giornata e i festeggiamenti del fantastico gruppo. Il questore un po' alticcio si è rimesso in macchina con il suo autista a mezzanotte e mezza in direzione di Novara.

Comunque, per la cronaca, il Luca nei giorni a seguire confessa tutto, dagli omicidi all'incendio della mia Mini e fa perfino i nomi del mandante. Grazie a questa sua testimonianza, l'ingegnere milanese si beccherà l'ergastolo.

Per alcuni giorni non rientro in commissariato, rimango con Teresa a godermi l'estate verbanese, invece alla sera resto per lunghe ore seduto sul mio divano a guardare il Maggiore, un po' per il caldo torrido che è scoppiato in città, che mi impedisce di dormire sereno, e forse anche perché l'adrenalina alla mia età è difficile da smaltire e imperterriti al momento del sonno mi si ripresentano nei pensieri tutti i passaggi di questa brutta storia difficile da chiudere.

Indice

2023 – NUOVA USCITA

Questa volta non mi scappa.

«Salvo, seguimi.»

Quattro piani di scale tutti di un fiato, arriviamo in cima al palazzo, sul pianerottolo troviamo la scaletta che porta nel sottotetto, segno che è salito. Guardo negli occhi il mio giovane collega con un po' di apprensione, ma non posso fare altrimenti, la circostanza è delicata.

«Salvo, fuori la pistola, non sparare se non te lo dico io.»

Saliamo sulla scaletta, entrambi siamo in affanno, arriviamo nel sottotetto, buio, polveroso, sprovvisti di torcia, non vediamo nulla. Come d'incanto Salvo risolve la situazione estraendo un accendino.

Avanziamo lentamente, a parte un paio di scatoloni contenenti dei libri, nel sottotetto non c'è nulla. Intravvedo l'abbaino che conduce sul tetto. Lo apro, è molto stretto, faccio fatica a uscire. Salvo mi segue senza tanti problemi, magro e agile come una gazzella.

«Calma, attento a dove metti i piedi che se scivoliamo ci facciamo quattro piani di salto e ci raccolgono con il cucchiaino.»

Di fronte a noi un numero imprecisato di tetti del centro storico di Intra, uno vicino all'altro, molti comunicanti tra di essi e in lontananza, nella parte più a nord del centro storico, svetta imperiosa la cupola di San Vittore, il patrono di Intra. Un bel panorama da qui, ma del fuggitivo nemmeno l'ombra. Mi ha fregato per la seconda volta. Se lo prendo lo strozzo.

Rimango perplesso quando mi chiedono come sia possibile che riesca a trovare il tempo per scrivere libri. Papà, compagno, pompiere, assessore e praticante scrittore, c'è sempre tempo e passione per ciò che amo.

Giorgio

Grazie a:

Massimiliano Bonino per lo scatto che riprende lo scrittore

Immagini e fotografie: Francesca Comoli, Ivan Spadone

Grafica di copertina: Anna Baglione

Grafica collage biografia: Francesca Ferretto

Consulenza editoriale ed editing: Le Officine del Testo

2022 – VERBANIA – via Repubblica 152

E-mail: giorgio.comoli@libero.it

Pagina FB: Romanzo poliziesco La setta del Brigalun

IL MISTERO
DEL LAGO
MAGGIORE
LUCI E OMBRE
IN VAL GRANDE
IL PATTO
VIOLATO
LA SETTA
DEL BRIGALUN
Le indagini del commissario Romano

Printed by Amazon Italia Logistica S.r.l.
Torrazza Piemonte (TO), Italy

41366608R00156